菜の花食堂のささやかな事件簿

木曜日のカフェタイム

碧野 圭

大和書房

Menu

目次

菜の花食堂のささやかな事件簿　木曜日のカフェタイム

こころを繋ぐお弁当

「お弁当ですか？」

靖子先生はちょっと困惑した顔をしている。靖子先生つまり下河辺靖子先生は、この店、菜の花食堂のオーナー兼料理人だ。そこでホール担当をしている私、館林優希がオーナーを靖子先生と呼ぶのは、料理教室の先生でもあるからだ。最初は料理人というより料理教室の先生として知り合ったので、いまでもつい「靖子先生」と呼んでしまう。

「そうなんですよ。駅前フェスティバルに、ぜひおたくも参加していただけないか、と思って」

守屋正一さんは先生に企画書を渡した。先生が読んでいる後ろから、私と和泉香奈さんも覗き込む。香奈さんも料理人で、先生のアシスタントをしている。

守屋さんの差し出した企画書には「駅開業三十五周年記念　駅前フェスティバル」とある。市内にあるJRの駅は、この路線で唯一、住民の請願によってできた駅である。なので、駅の開業記念日には、いつも駅前でイベントが催されている。今回は記念日の四月一日金曜と翌日の土曜の二日間、駅前の広場や高架下でイベントをやることになっている。その目玉のひとつが、「市内人気店二十店参加、ワンコイン弁当」のコーナーなのだそうだ。商工会議所の守屋さんは、それにうちの店も参加してほしい、と要請に来ている。

「だけど、うちはお弁当はやっていないんですよ」

「そこは承知しています。だけど、今回はうちの市でも人気のある店を揃えてやりたいんです。おたくは〝地元の逸品〟のひとつにも選ばれているお店だし、ぜひ参加してほしいんです。逸品に選ばれた、瓶詰を使った弁当をね。そうすれば瓶詰の宣伝にもなるじゃない」

「そうですねえ」

先生は乗り気でないのか、表情がさえない。

「それに、たった二日のことですし、売り子はこちらで用意します。おたくはお弁当を届けてくれるだけでいいので手間も掛からない。ここは私の顔を立てるつもりで、よろしく頼みます」

守屋さんはそう言って、片手を顔の前に立てて拝むような仕草をする。

「そうですか。……じゃあ、検討してみます」

「ありがとう。助かります」

守屋さんは軽い足取りで店を出て行った。

「お弁当、やるんですか？」

「そういうことになりそうね。守屋さんに頼まれたんじゃ、無下にできないし」

守屋さんは、以前から菜の花食堂に好意的で、以前うちの瓶詰にトラブルがあった時も、とても力になってくれた。その恩返しのつもりで先生は引き受けるのだろう。

「先生は、お弁当はあまりお好きじゃないんですね？」

以前、この店でもテイクアウトの弁当をやらないか、と私が提案したことがあるが、先生には『まだそういう気持ちにはなれない』と言われて却下された。

「まあね。お弁当は冷めてもおいしく食べられるように作るから、味付けも濃くしなきゃいけないし、お米の炊き方も少し変えなきゃいけない。温かいものは温かく、冷たいものは冷たく。その場でいちばんおいしい状態で提供できる食堂とはやり方が違う。その辺はお弁当を専門にやっているお店にはかなわないと思うのよ」

「確かにそうですね」

お客さまにとっていちばんよい状態で提供する、というのがこのお店のポリシーだ。

顔もわからない相手が、いつ食べるかわからないお弁当を作ることには、先生は乗り気になれないのだろう。

「それに、利益の問題もあるしね」

「利益？」

「ワンコインでと言われると、うちがいつも出しているランチよりも安いから、その分質を下げなきゃいけない。ワンコインといっても、その中に容器代や商店会に納める参加費、売れ残った場合の損失もあらかじめ計上しておくと、利益を出すのはほんとに難しい。赤字にならないためには、一個いくらで作ればいいのかしら」

言われてみると、ワンコインでお弁当というのはかなり難しい。年々材料は値上がりしている。スーパーなどでは五百円以下のものも売っているが、どうやって利益を出しているのだろう。大量に仕入れてまとめて作ることでコストは抑えているのだろうけど、原材料にどんなものを使っているかは謎だ。うちの店で使っているような質のいいものではないだろう。

「ほかのお店も参加するのだから、前にイベントで出したことのあるおにぎり弁当みたいな簡単なものという訳にもいかない。それに、差別化させる必要もありますね。唐揚げとか鮭とか豚の生姜焼きみたいな定番はほかでも出すでしょうし」

香奈さんが言う。香奈さんは既にメニューを考え始めているのだろう。

「そうよね。こういう企画だとほかと比べられてしまうし、うまくすれば宣伝になるけど、みすぼらしいものにしたら逆に評判を下げてしまうわね」

先生のおっしゃる通りだ。以前、地元のイベントに参加したことがあるが、そのおかげでうちの店を知り、その後常連になった人もいる。その場限りのお客さんだからこそ、悪い印象を持たれないように、いいものを提供しなければならない。

「まあ、考えてみましょう。どうせなら、初めての人にもおいしい、と印象付けられるようなものにしたいですね。そうすれば、うちのお店にも来てくれるかもしれないし」

私が言うと、先生もうなずいた。

「参加するからには、そこで爪痕を残さないとね。せっかくの機会なんだから、完売できるようなお弁当にしたいわね」

「はい！」

私と香奈さんは声を揃えた。

イベントまで三週間あったので、香奈さんと私でメニューを考えた。今回はふたりでやってみなさい、と先生に言われたのだ。きっとこれも私たちのステップアップに繋がると考えられたのだろう。私はその日の仕事が終わってから、香奈さんといろいろ検討した。その結果、「旬の野菜たっぷりのバランス弁当」にすることにした。やはりうちの食堂の売りはおいしい野菜料理を提供することだ。ヴィーガンではなく、魚や肉もしっかり食べられる。店ではアレルギーのお客さまにはそれに対応したメニューをお出しするが、野菜だけではボリュームもないし、栄養も足りない。ふつうのご家庭で出すようなメニューをちゃんと出す、というのが先生のポリシーだ。

家庭料理よりも味のレベルは高いけど、と私は内心思っている。派手さはないけど、よい素材を使い、手を抜かないで料理を作る。だから、この店の料理はおいしいのだ。お弁当も、お店のポリシーそのままで提供したい。同時に価格も抑えなければならない。旬の野菜を使うのは、おいしいと同時に安いからでもある。

いろいろ検討して、メニューは初日と二日目で少し替えることにした。メインについては初日が鶏胸肉の塩麴（しおこうじ）レモン焼き、二日目は鯵（あじ）の梅味噌焼きだ。副菜は二日とも共通で、新玉ねぎのフライ、きんぴらゴボウ、カブのサラダ、しいたけの肉詰め、ピクルス、パイナップルが二口分。ご飯は、初日は鶏肉抜きの五目ご飯、二日目は豆ご飯にする。

レシピを決めると、私と香奈さんは「やったね」と喜び合った。

「これなら、きっとお客さまにも喜んでもらえるし、絶対おいしい」

「コスパもいいし、自分も食べたいよ」

お弁当もあるが、その日のランチも休みたくない。だから、ランチと副菜のメニューはほぼ同じにする。その方がまとめて作れるし、材料も無駄にならない。ただ、値段はランチの方が高いから、メインは鶏モモ肉のソテーと鰆の西京漬けにしてボリュームを出す。副菜の量を増やし、新じゃがいもとアスパラとベーコンの炒め物も追加する。小さなデザートとコーヒーか紅茶のドリンクもつけるから、ランチのお客さまも満足してくださるだろう。

先生にもメニューを見せて「これなら大丈夫」と許可をもらったので、それで準備することにした。初めてのお弁当なので、試作品を作ってみる。

「カブのサラダのドレッシングが問題ね。このままだと汁が出て、味がほかのおかずに移ってしまう」

実際に作って、お弁当の器に詰めた後、香奈さんがそう言った。

「ほんとはドレッシングだけ別に作って、食べる直前に掛けてもらうようにするといいんだけど、それだとドレッシング用の容器が別に必要になるしね」

カブのサラダはピーラーで薄切りにして、マヨネーズと醤油のドレッシングであえたものだ。経費のことを考えると、容器は使わずにすませたい、と私は思う。

「ピーラーでスライスした後、塩で揉んで、しっかり水分を出さなきゃいけないね。マヨネーズはやめて、醤油と胡麻油と鰹節で味を付けるといいかも。鰹節が水分を吸収してくれると思うし」

「さすが香奈さん。じゃあ、そうしましょう」

そうして完成品を作り、靖子先生に食べてもらうことにした。

「うん、おいしい。これがワンコインなら、満足してもらえるわ」

「はい、でも、完売したとしても、あまり利益は出ないと思うのですが」

私は正直にそう言って、見積もりを靖子先生に見せた。利益の額は、ランチ一食分の利益の半分にも満たない。さらに、ランチの時はお客さまが追加でドリンクやスイーツを注文されることもあるから、その分も利益になるのだ。

「やっぱりお弁当って難しいですね」

「ううん、今回は宣伝だと割り切って、赤字にならなければいい、と思ったの。それなのに、ちゃんと黒字の見積もりになっているんだから、たいしたものだわ」

「だけど、これ、完売した時の数字なんです。もし売れ残ったら、その分はマイナスになってしまう」

私の言葉を聞いて、靖子先生は微笑みを浮かべた。

「その辺は商工会の人たちに期待しましょう。きっと、売り切ってくれるはずよ」

先生が断言した通りに、二日とも用意した各五十食はちゃんと売り切れた。好天に恵まれたこともあってイベントは大盛況。お弁当を買って近くの都立公園に足を延ばす人も多かったようだ。私は予定があったのでイベントには行けなかったが、香奈さんが一三時頃に行った時には、うちのお弁当は既に売り切れていたらしい。

「初日と二日目、両方買っていかれたお客さまもいたよ」

守屋さんが報告がてら店に来てくれた。評判は上々だったらしい。

「実は、私もひとつ買ったんだよ。豆ご飯に鰺の梅味噌焼き、おいしかったなあ。ほかはガッツリ系が多かったんで、私みたいな年寄りにはとてもよかったよ、さすが下河辺さん」

「ありがとうございます。今回は、若いふたりがメニューを考えて、作るのもふたりでやったんですよ。私はアドバイスをちょっとしただけ」

「そうですか。若い子たちもしっかりこの店の味を受け継いでいて、頼りになりますね。下河辺さんが作ったのと比べて、全然遜色ない。この店に昔から通っている私が言うんだから、間違いないですよ」

守屋さんがそんなふうに褒めてくれたので、思わず頬が緩む。仕事中なので、あまり嬉しさを顔には出さないようにしていたけど。

守屋さんが帰ってしばらくすると、初めて見る顔のお客さまが店を訪ねて来た。男の人は入口のところに突っ立ったまま、ちょっと気恥ずかしそうに店の中を眺めている。時間は三時前、ランチタイムが終わって、ちょうどお店のお客が途切れたタイミングだった。

「いらっしゃいませ。もうランチが終わってしまったので、いまはカフェタイムですが、よろしいでしょうか？」

四十代半ばくらい、ぽっちゃりした体型で、丸顔で目が少し離れていて、やさしそうな顔をしている。

「いえ、その、ランチじゃないんです。ちょっとお願いしたいことがあって」

男性ははにかんだように言う。

「どういったことでしょうか？」

「あの、こちらの店、駅前のイベントにお弁当を出品してましたよね」

「はい、その通りですが、それが何か？」

「あれと同じものを作ってほしいんです」

「同じもの？」

「ワンコインのお弁当。あれが気に入ったんです。それで」

「あれはイベントの企画で、普段うちはお弁当はやっていないんですよ」

「ええ、存じています。でも、ほんとおいしかったし、野菜もたくさん摂れるし、すごくよかったんです。だから、特別に作ってくれませんか？」

「気に入ってくださったのは嬉しいんですけど……」

「あの、一度きりとは言いません。毎日買いに来ますから、なんとかお願いできないでしょうか？」

「毎日ですか？」

「あ、土日はいいです。定休日も。平日、そちらが営業している日だけでいいですから。ご飯は抜きで、おかずだけ詰めてもらえばいいんです。ぜひお願いしたいんです」

男性はすがるような目をして私を見る。年上の男性にそんな目で見られることは滅多にないので、私は困惑している。

「そうおっしゃられても……。うちはお弁当のお店ではありませんし。駅前のお弁当屋さんに行けば、ワンコインでもいろいろ選べるし、そちらの方がいいんじゃないですか？」

それを聞いた男性はぷるぷると首を横に振った。

「あっちは高カロリーのものが多いから、毎日だとちょっと。こちらの方が身体にやさしいからいいと思うんです」

「それはそうかもしれませんけど」

「なんなら、器も持参します。頼みます」

男性はそう言って頭を下げる。ますます私は困惑する。

「気に入ってくださったのはありがたいですけど、うち、ほんとにお弁当はやっていないんですよ。それに、私はアルバイトだから勝手なことはできないし」

「では、あなたの方から店長さんにお願いしてもらえませんか？　人助けだと思って」

「そう言われましても」

私と男性が店の入口のところで話していると、奥から先生が出て来てくれた。私が厄介ごとに巻き込まれていないか、心配してくれたのだろう。

「優希さん、何かあったの？」

男性は先生の姿を見ると、ちょっと気をそがれたように視線を落とした。

「いえ、この方がお弁当を売ってほしいとおっしゃるんです」

「お弁当？」

「イベントで出したワンコイン弁当を、毎日買いに来たいのだそうです」

「毎日？」

先生は驚いた顔で男性を見た。

「いえ、平日だけでいいんですが」

男性は言い訳するように言う。

「毎日うちのお弁当ばかりじゃ、きっと飽きますよ」

「そんなことないです。ここのお弁当なら、ふつうのご家庭の味みたいだから飽きることはないんじゃないかな。そんなに味にはうるさくないと思うし」

「そう言ってくださるのはありがたいのですけど、お弁当はうちの専門ではありませんし」

「だけど、毎日必ず売れるとなったら、お店としたらいいことじゃないですか？　飲食店ならそういう顧客がいたらありがたいはず。ワンコインではそちらの利益は薄いかもしれませんが、だったらおかずだけでもいいし、ランチの売れ残りを詰めてくださるんでもいいんです。容器もこちらで持参すれば、少しは経費も下げられると思います。だから、どうかお願いします」

男性は先生に向かって頭を下げた。先生は困惑した顔だ。

「うちは売れ残りを店に出すようなことはしませんが」

「お気に障ったらすみません。でも、ほんと、ここの店のお弁当はよかった。ここのなら安心、と思うんです」

「何か、うちのお弁当がいい理由でもあるんですか？」

「おいしいからですよ、それだけです」

先生はじっと相手を見た。相手もひるまず先生の方を見ている。

「そうですね、じゃあ試しにひと月ほどやってみますか？」

「ありがとうございます！」

先生の言葉に、男性は目を輝かせた。私はびっくりして先生の方を見た。

「いいんですか？　ほんとに」

「まあ、ひと月だけやってみましょう。うまくいくかどうかはわからないから、ひと月やってみてダメなら、そこで終わらせる、ということで」

「はい、それでいいです。あの、お金はどうしましょう。いま、前払いしますか？」

男の人は持っていた鞄の中から財布を取り出そうとした。

「いえ、毎回受け取りに来られた時に、お支払いください。何時頃来られますか？」

「だいたい今くらいの時間に来られれば、と思います」

それだと、昼食ではないのかもしれない、と私は思った。夕食にうちのお弁当を食べようというのだろうか。

「では、いつからお願いできますか？」

「今日はまだ準備ができていないから、明日からでも」

「わかりました。では、明日の今頃、また来ます」

「えっと、お客さまのお名前は？」

「あ、申し遅れました。私、大垣（おおがき）と申します。大垣幸雄（ゆきお）。大きいに垣根の垣、名前は幸せに雄雌の雄と書いて、幸雄です」

「大垣さんですね。では、明日、お待ちしています」

大垣さんはほんとうに嬉しそうに笑みを浮かべ、何度もお辞儀をして、店を出て行った。

「ほんとに、いいんですか？」

私は先生に聞いてみた。キッチンの中にいた香奈さんも心配そうに店の方に出て来た。

「ええ、まあ、何か訳ありみたいだったし、悪い人ではなさそうだし。自分の名前もちゃんと名乗られたのだから、後ろ暗いことではなさそうね」

「確かに。人はよさそうでしたけど」

私は大垣さんのやさし気な顔を思い出す。

「ひとつ作るだけなら、大丈夫よね」

「ええ、まあ。凝ったものは作れませんが、ランチの食材を工夫すればいいので、そんなにたいへんではありませんが」

香奈さんが私の代わりに返事をする。

「確かに、毎日必ず売れるのなら、それはそれで助かります。お弁当で難しいのは、毎日売れ数が変わることですし、売れなかったらそれを廃棄しなきゃいけないってことですから。毎日十個とか二十個必ず売れるんなら、すごくありがたいです。……ワンコインではなくせめて六百円でできるなら、ですけど」

私も言い添える。毎日決まった額の売り上げが確保されるなら、食堂の運営も楽になる。

「そうなると、食堂ではなくお弁当屋さんね。そこまで手を広げるつもりはないけれど、今回は一食だけだし、試しにやってみましょう」

「先生がそうおっしゃるなら、異論はありません。でも、どうして先生は依頼を受ける気になったんですか？」

私の質問に、先生はちょっと複雑な顔をした。

「まあ、カンなんだけど、あの人、自分のためじゃなく誰かのために頼んでいるんじゃないか、と思うのよね」

「そういえば『人助けだと思って』って言ってましたっけ」

その時は言葉の綾だと思ったが、ほんとにそういうことなのかもしれない。

「他人ごとみたいな言い方もしていましたしね。『そんなに味にはうるさくないと思うし』なんて、自分のことを説明するのには、ちょっとおかしな言い方よね」

「ああ、確かに」

言われてみれば、その通りだ。いつもながら、先生は細かいところによく気づく。

「それに、あの人、たぶん食品関係の仕事をしている人ね」

「えっ、そうなんですか？」

「近くに立った時、かすかに揚げ物のような匂いがしたから」

「それは気づきませんでした」

「耳の上に掛かる髪に少し癖があったのよ。いつも帽子を被っているか、三角巾か何かをしている人なんだと思う。それに、どこかで見た顔だわ。地元の人だと思う。どこだったかしら」

やはり先生の観察眼にはかなわない。私の方が大垣さんと長く話をしていたのに、そういうことにはちっとも気づかなかった。

「それなら、なぜうちにわざわざお弁当を頼むんでしょうか？　仕事柄食べ物は手に入りやすいんじゃないでしょうか？」

私が言うと、香奈さんも口を挟む。

「ほかの店のスパイってことはないですよね。うちのレシピを盗むために、お弁当を毎日買うとか」

それを聞いて、先生は声を立てて笑った。

「まさか、そんな。三ツ星レストランならともかく、うちみたいな小さなお店で、メニューだってふつうのものしか出してないのに、そんな訳ないでしょ」

「すみません、ドラマの見過ぎですね」

香奈さんは最近、レストランもののドラマにはまっていた。それは三ツ星レストラン同士の熾烈な争いを描いたものらしかった。

「まあ、食品関係と言っても、いろいろありますからね。レストランではなく工場でさつま揚げか何か作っているのかもしれないし」

「ドーナツ屋さんかもしれませんしね」

私もそう言って笑った。大垣さんの仕事内容は気になるが、いちいち詮索するわけにもいかない。しばらくつきあっていれば、大垣さんが自分から話をするかもしれないし、と私は思っていた。


翌日、大垣さんは発泡スチロールの容器を持って現れた。

「これに詰めていただけますか？　おかずだけでいいんで、小さめのものを持ってきたんですが」

「ああ、ちょうどいいですね。では、すぐに詰めますね」

私は容器を香奈さんに渡した。香奈さんは用意していたおかずを手早く詰めた。私はそれに輪ゴムを掛け、ビニール袋に入れて手渡した。

「はい、毎度ありがとうございます。……違った、これは私が言うことじゃないですね」

言い間違えた大垣さんは、ちょっと照れたような顔になった。

「そうですね、私のセリフですね。毎度ありがとうございます」

「こちらこそ、売ってくださってありがとう」

大垣さんは大事そうにお弁当を胸に抱いて、店を出て行った。

香奈さんはその背中を見送っていたが、驚いたように目を見開いている。

「香奈さん、どうかした？」

「私、思い出した。あの人、駅前通りのお弁当屋さんのご主人だわ。コンビニの隣りの、あったか屋の」

「あったか屋？」

それは駅前通りの小さなお店だった。チェーン店ではなく、昔から地元のお客相手でにぎわっている家族経営の弁当屋だ。唐揚げが名物で、雑誌やテレビでも取り上げられることがある。地元では誰でも知っているお店だ。

「どこかで見た顔だと思っていたの。『毎度ありがとうございます』っていう言い方で思い出した。間違いない」

「ほんとに？」

「それにこの容器、お弁当屋さんでもなければ手に入らないよね」

確かにそうだ。発泡スチロールの容器は使い古しではなく、新品のものだ。一般の人の家にあるとは思えない。

「だとしたら……お弁当屋の人が、なんでうちにお弁当を買いに来るの？」

私と香奈さんは思わず顔を見合わせた。

「言われてみればその通りよね。あったか屋さんのご主人だったわ。どこかで見た顔だと思ってたけど、なかなか思い出せなくて」

先生は、そうだった、というように何度もうなずいた。

「店頭では白衣を着て、帽子を被っていますよね。こう、十センチくらいの高さのある」

香奈さんが頭のところに両手を置いて、帽子を被るような仕草をすると、先生が言う。

「いわゆる和帽子ね。和食のお店の人がよく被っているものね」

先生は大垣さんの髪に、帽子の跡がある、と言っていた。お店でいつも被る和帽子の跡なのだろう。

「そうなると、やっぱり怪しいですね。あったか屋さんが、なんでうちのお弁当を買いに来るんでしょう。あったか屋さんで野菜弁当を始めるので、その参考にしたいんでしょうか」

香奈さんは相変わらずスパイ説を捨てきれないようだ。

「それはないでしょう。あの店の唐揚げは有名だし、ガッツリ系を好きな学生さんや男性に人気のお店だもの。方針替えするとは思えないわ」

私は即座に否定した。顧客のニーズは現状満たされているのだ。畑違いの方向に手を広げようとするのは、いろいろとリスクがある。

「まあ、そうね。野菜をたくさん扱うとなると手間もお金も掛かるし、その割には主菜じゃないから値段も上げられないし、ふつうのお弁当屋さんではうちみたいなお弁当は難しそうね」

「やっぱり自分で食べるつもりかも。ほら、血糖値が高いから、野菜中心の食事にしたい。だけど、忙しいから自分では作れないとか」

「ああ、それならありうるかも。うちのメニューなら野菜もたくさん摂れるし、カロリーもそんなに高くない」

「ご飯はいらない、というのも、そういうことかな」

私と香奈さんが推理で盛り上がっていると、先生がたしなめた。

「勝手に大垣さんを糖尿病にしないでね。そもそも大垣さんは既婚者ですよ。自分の夕食だけお弁当にする、って不自然でしょ」

そう言われて、私はあったか屋のことを思い出した。ご夫婦でいつも仲良さそうに仕事をしている。奥さんも大垣さん同様ぽっちゃりした体型だ。いつもニコニコして、とても感じがいい。

「確かに。もしうちのお弁当を自宅で食べるなら、奥さんと二人分必要ですね」

「もしかしたら奥さんが病気で倒れて、それでちゃんとしなきゃ、と思ったんじゃない？」

香奈さんが別のアイデアを出してきた。

「それだとつじつまは合うね。奥さんの看病と仕事で忙しいから、自分で食事を作るのは面倒ということだったりして」

私がそう言うと、先生は再び、やれやれという顔をして私たちをなだめた。

「こらこら、勝手に誰かを病気にしないの。誰かについて悪い想像をするのはいけません。その人に悪い念を送ることになるから」

「すみません、ちょっと調子に乗り過ぎました」

私はそう謝ったが、香奈さんは違った。香奈さんは推理するのがおもしろくなってきたらしい。

「だとしたら、大垣さんのおとうさんかおかあさんのためじゃないかしら。一人暮らしをしているので、ちゃんと栄養が摂れているか大垣さんが心配されて、うちのお弁当を届けることにした、とか」

「なるほどね」

お年寄りでもご飯を炊くくらいは自分でやる人も多いらしい。おかずだけは大垣さんが用意しようと思ったのだろう。だけど、忙しいから自分で作るのはなかなか難しく、お弁当で解決しようとしたのかもしれない。

「大垣さん『そんなに味にはうるさくないと思う』って言ってましたね。自分のことでなく第三者のことみたいでした。それはつまり、自分の親のことなんじゃないかな」

香奈さんの言葉に、私もひらめいた。

「もしかして、大垣さんの親と奥さんは仲が悪いのかも。それで、大垣さんがこっそり持って行ってるとか」

「うんうん、ありがちだね。嫁姑の間に挟まれて、ひとのいい大垣さんが困っているんだわ、きっと」

「だから、内緒にしたいんだね」

私たちはまた盛り上がってしまった、人のことをあれこれ推理するのはおもしろい。

「またまた。夫婦関係を邪推するもんじゃないわ。大垣さんご夫妻に失礼ですよ」

先生に注意されて、私たちは口を閉じた。調子に乗り過ぎだと、自分でもちょっと反省した。

「それに、大垣さんのご両親はもう他界されているはずよ。あの店を始めたのは大垣さんのご両親で、ふたりとも亡くなったから、サラリーマンだった大垣さんが会社を辞めて店を継いだ、と聞いたわ。奥さまのご両親のことは知らないけれど、大垣さんが奥さまの親にお弁当を持って行くとは考えられないわね」

私と香奈さんは顔を見合わせた。

そうなると親のため、という案もダメということになる。だとしたら、どうして大垣さんはお弁当が必要なのだろう？　毎日継続してお弁当を必要とするのはなぜだろう？

理由はさっぱりわからなかった。謎は深まるばかりだ。

大垣さんはその後も毎日お弁当を取りにやってきた。最初は発泡スチロールの容器を持参していたが、そのうちプラスチックの密閉容器を二つ持ってきた。

「私が来る前に一つ目の容器におかずを詰めておいていただければ時間の節約になります。次来る時に洗った容器をお持ちしますから、それと交換でもうひとつの容器に詰めたお弁当を私が受け取ります」

「そうですね。毎回容器を捨てるより、使い回した方がいいですね」

私は容器を受け取りながら、大垣さんに言った。

「ところで、お弁当はおいしいですか？」

「はい、それはもう。全部きれいに平らげていますよ」

「よかったおかずはどれですか？　これから作る時に参考にしますから」

大垣さんは私の言葉を聞いて、考え込んだ。

「なんだろう。やっぱりハンバーグかな。お肉が好きだし。カツも好きだと言ってたっけ。いや、でも魚もいいかな。鮭も皮まで食べていたし」

ぶつぶつと口の中で唱えている言葉を聞いて、やっぱり大垣さん本人が食べているわけではないのだ、と私は思った。

「苦手な食材はありますか？」

「うーん、なんだろ。セロリは苦手かも。あと、辛すぎるのもダメかも。香辛料がきついのも」

やはり、そうだ。私は確信した。

「お弁当、大垣さんが食べているんじゃないんですね」

それを聞いて、大垣さんはぎくりとした顔をした。

「い、いえ、僕がちゃんと食べていますよ」

「別に怒っているわけじゃないですよ。誰であれ、うちのお弁当をおいしく食べてくださるなら、それで嬉しいので」

「は、はあ」

大垣さんは後ろめたそうな顔をしている。

「これこれ、余計なことを聞いては失礼ですよ。大垣さんには大垣さんなりのご事情がおありでしょうし」

後ろから先生が私に注意した。

「いえその、隠しているわけじゃないんです。でも、その……」

大垣さんが答えあぐねてもじもじしていると、先生が言った。

「だけど、継続してできるかどうか、自信がお持ちになれないようでしたら、うちも相談に乗りますよ。おひとりだけでなんとかしようとは思わないでくださいね」

それを聞いた大垣さんは、はっとした顔で先生を見た。

「ご存じだったのですか？」

「いえ、そういうわけではないですけど、なんとなく」

「でも、自分が人のためにやっていることは気づいていらしたんですね」

「ええ。大垣さんがどなたかお子さんを助けるためにやってらっしゃるんだろうな、とは察していました」

それを聞いて、大垣さんも私も驚いて先生を見た。

「どうしてそれを？」

「私がそう思った理由を話してもいいのですか？」

先生は大垣さんに確認する。相手が望まなければ、先生は推理を披露したりはしないのだ。

「はい、ぜひ聞かせてください」

大垣さんは興味深そうに先生を見ている。

「大垣さん、駅前通りのあったか屋さんの方ですね？」

「まいったな、気づいておられたのですか」

大垣さんは照れたように頭を搔く。

「だから、お弁当と言っても、ご自分やご家族のためではないですね。もしご家族のためなら、ご自分でお作りになればいいし、買うにしてもワンコイン弁当である必要はない。なのに、わざわざお店からちょっと離れたうちに頼みに来られたのは、周りに知られたくないからなのだろう、と思いました」

「はあ、まあ、それは確かに」

「お弁当じゃなきゃいけない。それはつまり、自分では食事を作れない誰かに持って行くのだろう。そちらでご飯は用意できるので、おかずだけ欲しい。そういうケースで考えられるのは、お年寄りか、親が忙しくて食事の支度ができない子どもかのどちらかだと思ったんです」

「じゃあ、どうして子どもだと?」

「ハンバーグやカツが好きなのは、子どもでしょう。だけど成長期の子どもだから、肉類だけじゃなく栄養バランスにも配慮をされてうちのお弁当を選ばれたのかな、って考えました」

「なるほど」

「その理由をご自分からはおっしゃらない。それはつまり相手から頼まれたことではなく、奥さまにも言わずに大垣さんが自主的にやっていることだろう、と思ったんです」

「さすが、鋭いですねえ」

大垣さんは苦笑した。

「確かに、これは妻にも内緒でやってるんです。弁当屋がほかの店に弁当頼むなんておかしい、と言うでしょうしね」

「もしかしたら、お金も持ち出しなんじゃないですか？」

「ええ、実はそうなんです。一食二百円ですが。妻に知られないようにこづかいからこっそり支払うとしたら、それくらいが限度ですから」

「じゃあ、三百円は本人が払ってるんですね」

「はい。そうなんです。うちによくおかずだけ買いに来る子どもがいてね。三百円分だけ欲しい、って言うんです。なかなか理由を言わなかったんですが、来るたびにサービスでおかずを増やしたりしてるうちに仲良くなったんです。そしたら、だんだん自分のことを話してくれるようになりましてね」

その男の子は奏太(そうた)くんという小学四年生の男の子だという。シングルマザーの母親が忙しく、毎日三百円分のお金を渡され、それで夕食を食べるように、と言われているらしい。

「だったら、子ども食堂を紹介したらどうでしょうか？　この近くでも、大学通りに活動している方がいたと思いますが」

先生が言うと、大垣さんもうなずいた。

「私もそれがいいと思ったんです。子ども食堂ならもっとちゃんとしたものを食べられるし、ほかのお友だちも来るから夕食も楽しいだろうって。奏太の母親もそう思ったらしく、子ども食堂に行かせるために三百円持たせてくれるのだけど、奏太は行きたくない、と言うんです」

「それはなぜ？」

「よくあることですよ。子ども食堂の常連に、いじめっ子がいるそうなんです」

その子は奏太くんよりふたつ年上で、違う学区から来る子どもに嫌がらせをするらしい。とくに奏太くんのことは目の敵にして、座席に座らせようとしなかったり、食事を運んでいる最中に足を引っかけて転ばせようとする。奏太くんが女の子たちに人気があることが気に入らないらしい。運営する人たちも気づくと注意はしてくれるのだが、隠れてこっそり仕掛けてくるので、なかなかわかってもらえない。本人にもプライドがあるので、告げ口するようなことはしたくない、と言う。

「それで、面倒になって行くのをやめたのだそうです。でも、お母さんには心配かけたくないので内緒にして、三百円で買えるものを自分で買って夕食にしているんです。だから、うちに来て「おかずを三百円分だけください」って言うんです。ご飯は自分で炊くから大丈夫だって。それで、私も鮭とか唐揚げにキャベツやトマトを多めに付けて渡していたんですけど、それじゃ栄養も偏るでしょう？　うちのメニューはほとんど揚げ物ばかりだし。それで、ちゃんとしたお弁当を食べさせたくて、こちらにお願いすることにしたんです」

「そういうご事情だったんですね。だったら、なおのこと、こういういびつな形で続けるのはよくありませんね」

先生の言葉を聞いて、大垣さんも私も驚いた。

「どうしてですか？　奏太のことをほうっておけっておっしゃるんですか？」

「そういうわけじゃないですけど、大垣さんのご厚意で続けるというのはよくないと思います。もし、大垣さんに何かあったらできなくなることだし、奏太くんには内緒でやっていることなんでしょう？」

「はい。本人には、格安のお弁当を知り合いから買っていると言っています」

「それも、よくないことです。ものには適正価格があるし、三百円で買えるものと五百円で買えるものには違いがある。安いには安いなりの理由があるんです。大量生産しているとか、原材料の質を落としているとか、人件費を下げているとか。子どもだとしても、そこはちゃんと伝えなければなりません。じゃないと、安ければなんでもいい、という考えの大人になってしまいます」

「それはそうかもしれませんが……厳しい考え方ですね」

大垣さんはぽりぽりと頭を掻いた。

「はい。あったか屋さんもそうですが、私たちはチェーン店と違って自由に価格を決められる。極限まで合理化され、大量仕入れ、大量生産でコストを下げているチェーン店のお店よりもどうしても価格は高くなる。だけど、その分うちならではの味やサービスを心掛けています。そこを安く見られたくはないんです」

私はちょっとびっくりした。先生が、そんなふうに自分の仕事に対するプライドをむき出しにすることは珍しいと思ったのだ。

「なるほど。確かにそうですね。私の考えが足りなかった。申し訳ないです」

大垣さんは真面目な顔で謝った。同じお店を運営する者として、先生の気持ちがわかったのだろう。

「でも、どうするんですか？　先生は奏太くんにお弁当を売るのをやめる、とおっしゃるのですか？」

私は先生に尋ねた。先生にしては、あまりに情のないやり方だ。

「それじゃ、奏太くんがかわいそうじゃないですか」

キッチンにいた香奈さんも、私に同意する。

「かわいそう。そうかな？　奏太くんはそう思われたいのかしら？」

「どういうことですか？」

私には先生の言ってることがわからない。

「奏太くんって子は、大垣さんの善意で毎日二百円分を負担してもらっている、ということを喜ぶ子なんでしょうか？　そうした善意に平気で甘える子なんですか？」

先生の言葉を聞いて、大垣さんははっとした顔をした。

「確かに……それを知ったら、奏太は怒るかもしれません。気概のある子ですから」

「そうだろうと思います。だから、奏太くんにこちらに直接取りに来させないで、大垣さんがご自分で来ていたんでしょう。値段を知らせないために」

「おっしゃる通りです。小さいのに、なかなか健気な子なんですよ。お母さんのことが大好きで、できれば自分で夕食を作りたい。だけど、やり方がわからないし、お母さんの留守中には危ないから火を使ってはいけない、って言われているんだそうです。それで、仕方なく買いに来ている、と言ってました」

「だったら、私が料理を教えましょう」

その言葉に驚いて、みんなは先生に注目した。

「小学四年生なら、ちゃんと習えばかなりなことができます。近頃は便利な調理グッズもあるからみじん切りも簡単にできるし、ハンバーグくらいは作れるようになるはず」

「だけど、料理を教えることだって、先生の技術じゃないですか。それをただで教えるというのは、プロとしてはよくないことじゃないですか？」

私はつい聞いてみた。先ほどの先生の言葉と矛盾する気がしたのだ。

「ただで、なんて言いませんよ」

先生は何か企んでいるような顔で言った。

「三百円で教えるんですか？　それも不当に値段を安くしていると思いますが」

私はなおも尋ねた。料理教室で皆さんからいただくお代に比べると安すぎる。子どもも料金にする、ということだろうか。

「お金だけが対価ってわけじゃありませんよ」

「というと？」

「子どもからお金はいただきません。子ども相手にお金を介在させたくないんです。その代わりに一時間ほど、うちでお手伝いをしてもらいます。ゴミ出ししたり、買い物に行ったり、庭の草むしりをしたり、風呂掃除をしたり、子どもでもできる仕事はありますから。その後で一緒に夕食を作って、試食も手伝ってもらおうと思っています」

それを聞いて、私ははっとした。

そうだった。最初に先生に会った時、私は先生から料理教室の助手になることを勧められたのだ。その代わり授業料はいらない、と。お金のない私が引け目を感じないように。だけど、ちゃんと技術を身につけることができるように、考えてくださっていたのだ。今回も同じだ。相手は子どもだけど、本人のためになることを、ちゃんと考えてくれている。

「そうしていただけると、たぶん奏太も喜びます。だけど、ほんとにいいんですか？それも結構お手間じゃないですか？」

大垣さんが心配そうな顔をしている。実際のところ、子どもに何かやらせるには根気がいる。頼まれたことをちゃんとやり遂げられるかどうかもわからない。

「そんなことないですよ。まあ、多少はボランティア精神がないとは言いませんが、手伝ってもらったら私が助かります。それに、ひとりで食事するより、子どもと一緒に食事した方が楽しいですから」

先生はなんてことない、という顔をしている。そうなのだ。先生は親切なことをされても、決して押しつけがましいことは言わない。そうするのが当然、という顔でなさるのだ。

「奏太に会う前に決めてもいいんですか？　会ったら、気に入らないかもしれませんよ」

なおも大垣さんは心配そうだ。

「そうですね。とりあえず、奏太くんを連れて来てもらえますか？　私の方がよくても、向こうが嫌かもしれない。こうしたことは、双方の気持ちが大事ですから。お手数をお掛けしますが、奏太くんに経緯を話していただいて、もしその気があるなら、連れて来てください」

「わかりました。じゃあ、さっそく今日にでも話してみます」

大垣さんはそう言って帰って行った。

そして、その日の夕方、奏太という子を連れて、大垣さんはもう一度お店に来た。

痩せて小柄で、美少年というのではないが、目は生き生きと輝いていて賢そうに見える。服装は量販店で買ったような安っぽい柄のシャツと茶色のパンツだが、洗濯とアイロンはちゃんとされている。

「こんばんは。下河辺と言います。こちらにいるのは、うちのお店で働いている館林さんと和泉さん」

「こんばんは」

と、私と香奈さんが言うと、少年はお辞儀して言った。

「山内奏太です。よろしくお願いします」

はっきりした口調で言うと、好奇心いっぱいの目であたりを見回した。食堂に置いてある鍋やレードルを感心したように眺めている。

「もう話は通っているの？」

先生が大垣さんに尋ねた。

「はい。こちらの話をしたら、奏太はぜひやってみたいって言うんです」

「ほんとに？　こんなおばさんの家に毎日来るのはたいへんじゃない？」

「いえ、土日は来なくてもいいっていうし、平日はどうせ遊ぶ友だちがいないから、ちょうどいいです」

奏太はまっすぐ先生を見て答える。

「遊ぶ友だちがいないって、どういうこと？」

「仲のいい友だちはたいていてい塾とか習い事をしているから」

横で聞いていた私はびっくりした。最近の子どもは忙しいというが、そういうことなのか。この地域は教育熱心な親も多いので、特にそうなのかもしれないが。

「お金はもらえないのよ。それでもいいの？」

先生は念を押した。

「お金をもらうと言ったら、きっとおかあさんは怒ると思う。だけど、近所の人が困っているからお手伝いして、その代わり夕食を食べさせてもらうことにした、と言ったらきっと納得してくれる」

「えっと、これはその」

大垣さんはちょっと困った顔をしている。奏太くんに納得させるために、そんなふうに説明したのだろう。私と香奈さんは顔を見合わせてふっと笑った。この子にとっては、自分がボランティアをするようなつもりなのだ。だが、先生は真顔で言った。

「ありがとう。あなたが来てくれると助かるわ」

それを聞いて、奏太くんはにっこり笑った。

「うん、よかった」

「じゃあ、いつから来てくれる？」

「明日でもいい？」

「もちろん。だけど、その前に、おかあさんにちゃんと説明しておいてね」

「うん」

「それから、もし急に都合が悪くなったり、予定があって来られないという時には、必ず事前に連絡くださいね。連絡がないと心配になるし、あなたのために用意した食材が無駄になるかもしれないから」

「わかりました」

奏太くんは真面目な顔で、こっくりうなずいた。

「じゃあ、明日からよろしくお願いします」

傍にいた大垣さんが頭を下げた。奏太くんもそれを見て、あわてて頭を下げる。大垣さんは重荷を下ろしたような、安堵した表情を浮かべている。

ふたりが帰った後、私は先生に尋ねた。

「いいんですか？　あんなふうに奏太くんに思わせておいて」

「なんのこと？」

「先生のご厚意で始めることなのに、奏太くんの方は自分が人助けするつもりみたいじゃないですか」

「あら、それも事実だもの。家事を手伝ってもらうのは、とても助かるわ」

「だけど、ほんとうは先生がボランティアするようなものなのに」

わざわざ子どもを雇わなくても、ひとり暮らしの長い先生は、自分で自分のことはできる。家事に慣れない奏太くんには一から教えなければならないし、むしろ手間が掛かるだろう。

いや、むしろ家事を教えるために、先生はこのことを引き受けたのだろうか。

「いいのよ、そんなことはどうでも。子どもは社会のみんなが育てるものだと思うし、私には少しばかりそれができる力があるということだから」

「でも……」

私には釈然としない。それだと先生が損する気がする。

「子ども食堂を実際に運営されている方たちに比べれば、私のやることなんてたいしたことではないわ。それにたぶん、そんなに長くは続かないと思う。子どもだから飽きっぽいだろうし、ひと通り料理を教えたら、家で作れるようになるでしょうし。中学に入ったら部活もあるから、年寄りの家に毎日来ようなんて思わなくなるわよ」

「それじゃ、恩知らずになるじゃないですか」

「恩なんて、そんなおおげさなものじゃないわ。ひとに親切にできるというのは、自分にとって気持ちのいいことだもの。お返しを期待しているわけじゃないし」

私がまだ納得できない顔をしていたのだろう。先生は言葉を足した。

「偽善と言う人がいるかもしれないけど、困っている人が助かるならそれでいいと思うのよ。ボランティアを偽善だと言う人は、結局何もしないで、他人にケチをつけたいだけなんだから」

「それはそうですけど」

「もし、あの少年が大人になったら、私のしたことの意味がわかるようになるかもしれない。そうしたら、自分も誰かに対して親切にしようと思うでしょうし、ひとにもやさしくなれるでしょう。それでいいのよ」

「そういうものでしょうか」

「そういうものですよ。私だって、若い頃はさんざんひとの世話になってきたけど、そのありがたさがわかったのは、ずいぶん経ってからだったもの。その人たちにお返ししようと思っても、もうかなわないから、少しは若い人の役に立ちたいと思うの。だから、子どもにいま、全部わかってもらわなくてもいいのよ」

その言葉は私の胸にしみた。私自身も先生に助けられたひとりだ。先生はそういう気持ちで私たちのことをみてくれているのか。

私は少しでも先生のお役に立っているのだろうか。先生を頼りにしてばかりいて、ちっとも恩を返していないんじゃないだろうか。私は誰かの役に立っているだろうか。

「この話はこれでおしまい。それよりお茶にしましょう。今日はレモンケーキがあるから、ダージリンにしましょう」

そう言って、先生はお茶の用意をするために席を立った。戸棚から、手作りのレモンケーキを出す。レモンの風味と上に掛かった砂糖のアイシングの甘さが絶妙にマッチした、先生お得意のお菓子だ。

私も立ち上がってダージリンの箱を出し、やかんに水を入れて火にかけた。だけど、その考えが邪魔をして、お茶の支度になかなか集中できなかった。

木曜日のカフェタイム

「今日からよろしくお願いします！」

翌日、四時頃先生の自宅に現れた奏太くんは、元気よく挨拶した。被っていた帽子はちゃんと脱いでいる。奏太くんはちょっとおでこが出ていて広い。賢そうに見えるのは、生き生きしたまなざしと広いおでこのおかげだ。

「こちらこそよろしくね」

先生も、真面目な顔で挨拶を返した。居合わせた私と香奈さんも「よろしくお願いします」と挨拶した。

「今日は菜の花食堂がお休みで、香奈さんと優希さんは奥の工房にいます。いつもはお店の方にいるから、奏太くんと顔を合わさないこともあるかもしれないね」

先生が説明する。すると、奏太くんは不思議そうに聞く。

「お休みなのに、お仕事なの？」

「私たち、食堂のほかに瓶詰を作る仕事もしているの。今日はその作業をしていたのよ」

香奈さんが奏太くんに説明する。朝からふたりで瓶詰作業をして、ちょうど休憩のために先生の居間の方に来ていたのだ。私たちの座っているテーブルには、先生お手製のマーブルケーキを食べた跡が残っている。

「お姉さんたちは瓶詰の作業をしているけど、奏太くんにはうちの仕事を手伝ってもらいます。いま、四時だから五時までお願いね」

「わかりました」

「じゃあ、休憩は終わりにして、作業に戻りましょう」

そう言って先生は私たちを促した。私と香奈さんは食べ終わったお皿を流しの方に持って行く。私が洗おうとすると、先生はそれを止めた。

「奏太くんにお皿洗いからやってもらおうと思うので、それはそこに置いておいて」

「はい、じゃあ奏太くん、お願いね」

私は持っていたお皿を奏太くんに手渡した。奏太くんは落としてはいけないというように、しっかり両手で持った。

「奏太くん、お皿を洗ったことはある？」

先生は私たちの方はもう見ないで、奏太くんに向き合っている。

「ううん。うちではおかあさんがやっている」

「もう小四だから、お皿洗いくらいは自分でやった方がいいわ。まず、私がお手本を見せますから、ちゃんと見てね。最初に、お皿の上に食べ物のカスが残っていないかを見てね。もし残っていたら、捨てるところから始めます。ご飯粒などがお茶碗にこびりついていたら、しばらく水につけておくといいわ」

先生が奏太くんに指導を始めたので、私と香奈さんは工房の方に戻って行った。そちらは庭の一角に建てられた小屋で、瓶詰の作業や料理教室をするための専用のスペースだ。

「先生、あの子にもマーブルケーキを勧めるのかと思った」

私が言うと、香奈さんもうなずいた。

「最初だし、お茶をしながら自己紹介でもすると思っていたのにね」

先生は気前がよく、お菓子のひとつやふたつ、出し惜しみする人ではない。それに、お茶をしながら人としゃべることもお好きな人だ。

「初めてだから、ちゃんとけじめをつけようと思われたのかもしれないね」

「そうかもしれないね。遊びじゃなくてお仕事としてお願いする、ということをはっきりさせたかったのかも」

私たちはそんな話をしながら、瓶詰の作業を再開した。〝地元の逸品〟に選ばれたおかげで瓶詰の売れ行きは上々。卸しているお店からも追加のオーダーがたびたび入るようになった。なので、店の休みの日にまとめて作っている。今回作るピクルスには、小玉ねぎのペコロスやえんどう豆など旬の野菜を入れようと思っている。

工場で作られている大量生産のものなら、年中同じ野菜を入れるのだろうけど、うちの商品はなるべく手作りの感覚を生かしたいと思っているので、ピクルスでも作る時期によって内容を少し替えている。野菜が替わると保存液の味つけを変えた方がいい、ということで、香奈さんがその調整をしている。買うひとにはきっと気づかれない程度の変更だけど、そういう工夫があるから「おいしい」と思ってもらえるのだ。

そうして作業をしていると、かすかに掃除機の音が聞こえてきた。窓から母屋を見ると、奏太くんが掃除機をかけ、先生は少し離れてそれを見ている。その目はやさしいが真剣だ。まるで孫を見守るおばあさんのようで、微笑ましかった。

六時前にその日の作業が終わったので、私たちは先生のいる居間に挨拶に行った。

「こちら、終わりましたので、そろそろ失礼します」

「そう、お疲れさま」

先生は奏太くんと向き合って、食事をしているところだった。ふたりの前には豚肉の生姜焼きとサラダ、味噌汁が並んでいる。サラダはレタスとミニトマトときゅうり。いつものサラダなら、ブロッコリーとかさらし玉ねぎなども入っているのだが、今日は三種類だけだ。おそらく奏太くんが作ったのだろう。

「あなた方も、一緒にいかが？」

「お気持ちはありがたいのですが、この後、ちょっと出掛けるところがあって」

香奈さんはこの後、彼氏とデートの予定だと言っていた。彼氏の誕生日なので、一緒にお祝いをするのだ。だが、予定が無くても、香奈さんが先生のところで食事をしていくことは滅多にない。家に帰ればおかあさんが夕食を用意しているからだ。

「そう、じゃあ、優希さんだけでも」

「お邪魔じゃないですか？」

「大丈夫ですよ。人が多い方が楽しいし。それに、ちょっと多めに作っておいたのよ」

「だったら、遠慮なくごちそうになります」

「じゃあ、すぐに用意をするわ。ちょっと待っていてね」

先生は食べるのをやめて立ち上がろうとする。

「あ、私自分でやりますから」

私はコンロのところに行き、お味噌汁を温め、お櫃のご飯を茶碗によそった。おかずの生姜焼きとサラダは一人分、すでに用意されていた。私が加わることを想定してくれていたのだと思って、嬉しくなった。それをお盆に載せて、ダイニングの方に運んで行く。

「じゃあ、優希さんは奏太くんの隣りに座ってね」

奏太くんは何か言わなきゃいけないと思ったのか、私に「こんばんは」と言った。

「こんばんは」

私も挨拶して、笑顔を向けた。

「奏太くん、今日は何をしたの？」

「えっと、お皿を洗ってから、この部屋のお掃除をした。それから、燃えるゴミをまとめたよ」

「リビングに飾ってあった絵を取り換えるのも手伝ってもらったの。そろそろ換えなきゃと思っていたんだけど、ひとりだと面倒で。奏太くんに手伝ってもらって助かったわ」

先生の言葉を聞いて、奏太くんは、背筋を伸ばして胸を張った。ちょっと得意そうだ。

「うちのこと、手伝ってもらえると助かりますね。奏太くん、自分のおうちでもお手伝いしているの？」

私は奏太くんに質問してみる。

「ううん。僕はやる、って言うんだけど、ママは子どもは遊ぶか、勉強していればいいって言うんだ。奏太のパパは医者だったんだから、奏太も勉強頑張れるはずだって」

「奏太くんのおとうさん、お医者さんだったの？」

「うん。でも、僕が小さい時にいなくなったんだ。僕はパパがどんな人か知らない。医者だったたってことだけ」

いなくなったということは、死別だろうか、離婚だろうか。どちらにしろ奏太くんの記憶にないというのは、ずいぶん幼い頃に別れたのだろう。

「じゃあ、おかあさんがひとりで働いて、奏太くんを育てているってことかな？」

「うん、ママが看護師として働いている」

「ああ、だから、忙しいのね」

「僕のために土日は休みにしてもらっているんだけど、その分、平日はちょっと遅い日もあるんだ。それで、子ども食堂に行きなさいって。そうしたら、みんなに会えるし、いろいろ栄養のあるものも食べられるから」

なるほどそういう事情なら、子ども食堂に行く理由もわかる。子ども食堂に行くのは金銭的な理由ばかりではない。孤食を防ぐための手立てでもある。

「そうなんだ。だったら、こっちに来るより子ども食堂の方がいいんじゃないの？」

「あっちは人が多くて落ち着かない。僕、静かな方が好きだし。それに、ここなら食事の作り方も覚えられる」

「そうそう、今日の夕食は奏太くんも先生と一緒に作ったんだね。おいしくできてるね。生姜の味が効いてるね」

私が褒めると、奏太くんは嬉しそうににこっと笑った。

「チューブの生姜を使ったんだよ。あとはちみつと醬油。料理ってもっと面倒なものだと思ってたけど、案外簡単だった」

いつもの料理教室なら、生姜はちゃんとおろし金でおろして使う。味付けも、先生の黄金比を教えてくれるはずだ。そもそもチューブ入りの生姜がこの家にあるとは思わなかった。私はちょっとびっくりして先生の方を見た。先生は笑顔で奏太くんを見ている。

「料理って、そんなに難しいものじゃないのよ。そりゃ難しい料理もあるけれど、おうちで作るんだから、簡単でおいしく食べられるなら、そっちの方がいいものね」

「うん」

「ところで、奏太くん、好きな食べ物はある？」

「ハンバーグ！」

即答だ。よほど好きなのだろう。

「じゃあ、明日は一緒にハンバーグを作りましょうね」

「えっ、僕でもハンバーグなんて作れるの？　難しくない？」

私も同じ気持ちだ。ハンバーグはみじん切りにした玉ねぎを炒めたり、手でこねて丸めたりと、面倒な工程が含まれている。ただ焼くだけの生姜焼きよりハードルは高い。

「自分が食べたいと思うものを作るのがいちばんよ。それに、ハンバーグはいろんな作り方があるから、簡単なやり方でやってみましょう」

「うん、やってみる！」

奏太くんは目を輝かせた。

奏太くんが帰った後、私は先生に聞いてみた。

「ハンバーグって、ほんとに作るんですか？」

「ええ、玉ねぎを使わず、つなぎに卵とパン粉と豆腐を使おうと思う。それを肉と調味料と一緒にポリ袋でぐちゃぐちゃ混ぜるの。それから、そのまま冷たいフライパンに押し付けて、弱火でじわじわ焼こうと思うのよ。これなら、子どもでもできるでしょ」

「それでいいんですか？」

「そりゃ、玉ねぎを入れたものに比べると味は落ちると私は思うけど、アメリカじゃそもそもつなぎを入れないしね。それより、自力でハンバーグができた、という成功体験の方が大事でしょ」

「成功体験ですか」

「ええ。うまくいったと思えば、次もまたやってみようと思うでしょ。大人はもちろんだけど、子どもならなおのこと。そうそう、今日の生姜焼き、褒めてくれてよかったわ。さすが優希さんね」

「いえ、ほんとにおいしかったので。あのタレはどうやったんですか？」

先生は、私のいいところをみつけるとすぐ褒めてくれる。それはとても嬉しいけど、ちょっと照れ臭い。

「子どもだから、できるだけ簡単にしたの。醤油とはちみつを適当に混ぜて、チューブの生姜を加えて味をみて、それに水を少し加えてタレはそれで出来上がり。あとは肉を焼いて、あとからタレをかけて煮詰めたの」

「そんなに簡単でいいんですか？」

私はてっきり先生が料理の基礎から奏太くんに教えるのだと思っていた。

「いいのよ。料理に正解はないんだから」

「だけど……ちゃんと基礎を教えた方がよくないですか？」

「私も昔はそう思っていたけど、この年になるとちょっと考え方が変わってきたの。そりゃ料理教室で教える料理だったら、ちゃんと出汁のとり方から教えるわ。生徒さんもそういうものを望んでいるし。だけど、奏太くんみたいに、今日習って明日使えるようなやり方っていうことを考えると、できるだけ簡単で、何度もできる方がいいんじゃないかと思うのよ」

「今日習って明日使える方法」

いつもの料理教室だって、それは同じだ。だけど、生徒さんはみんな料理経験者で、スキルアップを目的としている。奏太くんのように知識がまったくないわけではない。

「それには、レシピをいちいち見ないで作れた方がいいでしょう？　そりゃ、はちみつでなく砂糖や味醂、お酒を使った方が正しいし、味もよりよいものになる。だけど、それをいちいち計って作るのは、子どもには面倒でしょ」

「それはそうですけど」

「その代わり、醤油とはちみつの分量はこれくらい、味はこんな感じ、と私がやってみせて、目と舌で覚えさせるの。子どもは物覚えがいいから、真似をしてすぐにできるようになる。それでいいと思うのよ」

「そういうものなんですか」

「レシピがあると、ついそれに頼ってしまって、自分で味見をすることすら怠けてしまったりするでしょう？　それよりも自分で味を工夫して、今日のはちょっと甘すぎたから、次は醤油を増やしてみよう、ひと味足りないからお酒を入れたらどうだろう、と考えながら自分なりの味を作っていく方が楽しいんじゃないかと思うの」

　それを聞いて、ドキッとした。私もよくネットでレシピを検索して、その通りに作ってしまうことが多い。香奈さんは自分の舌を信用しているから、レシピ本を見ることすら滅多にない。それは特殊技術だと思っていたが、そうでもないのかもしれない。単純なものだったら、自分で味が決められる。レシピ通りに作るばかりでは、自分の蓄積にはならないかもしれない。

「もちろん、そういうやり方ではうまくいかないものもある。お菓子なんかは、ちゃんとレシピを見て、分量通りに作らないと失敗するものが多いと思う。だけど、毎日の食事はレシピに頼らないメニューを増やした方が楽だと思うの。それが手抜きだと思えば、そうでないやり方をあとから覚えればいい。だけど、まずは食事作りは楽しい、やれば自分にもできる、そういうふうに奏太くんには思ってほしいのよ」

先生の口調はやさしい。自分の孫を育てるように、先生は奏太くんのことを大事に見守っていくつもりなのだろう。そんなふうに先生に思ってもらえる奏太くんが、私はちょっぴりうらやましかった。

そうして、そろそろ帰ろうとしていると「こんばんは」と声がした。

「ちょっと見てきます」

私が玄関に行くと、そこには料理教室の生徒である村田佐知子(むらたさちこ)さんがいた。村田さんは近所に住んでおり、何かと先生のお宅に顔を出していた。

「こんな時間にどうしたんですか?」

「あれ、先生は?」

「奥にいます。お会いになりますか?」

「ええ、ぜひ。緊急にお話ししたいことがあるんです」

村田さんはいつになく深刻な表情を浮かべている。私は村田さんを居間の方に案内する。村田さんは先生の顔を見ると挨拶もそこそこに話し始めた。

「最近市の北部で空き巣が頻発してるの、知ってます？」

「ええ、なんとなく。私の古い友人も、あわや被害に遭うところでしたし」

「ああ、そうだった」

その友達は小松原さんといって、先生とはお互いの息子さんを通しての友人、つまりママ友だ。

小松原さんは外出中に空き巣に入られたが、忘れ物をしたために急遽帰宅。その時家に居た空き巣は、何も盗らずに慌てて逃げ出したそうだ。

「小松原さんはよかったけど、やられちゃった家も多いからね。空き巣もよく研究していて、大きな木で囲まれていて外から見えないお屋敷とか、住宅が密集して表通りから見えにくい家がやられている」

「それは怖いですね。ここの家も、表の道路からはちょっと見えにくいですから」

私が言うと、そうそう、と村田さんはうなずいた。

「気をつけた方がいいよ。いままでは北の方ばかりだったけど、ついに南側にも進出してきたそうだから」

「南側のどのあたり？」

「すぐ近く。神社の傍の光寿司（ひかりずし）さん」

「そういえば、先週の金曜日にパトカーがあのあたりに何台も停まっていたけど、空き巣だったんですか」

買い物に行く時に見掛けて気になっていたのだ。急いでいたので、何があったかは確かめなかったけど。

「空き巣に入られたのは、真っ昼間だったんだって。あの家もここと同じで、奥の建物が住居になってるでしょ？　ランチタイムで旦那さんも奥さんもお店にいて、ご自宅の方は誰もいなかったのよ。あそこ、お子さんは独立して、別の場所に住んでいるから」

村田さんの言葉を聞いて、先生の顔が曇った。

「それはお気の毒な」

「光寿司さんから聞いた話だけど、警察は市の北部の一連の犯行と今回のは同一犯だとみているらしいよ」

「それはどうして？」

「手口が同じなの。ガラスを割って侵入し、金銭と貴金属以外は手を付けない。犯行時間は二十分にも満たない。かならず留守のお宅ばかりを狙う。その家の住人の行動パターンも調べているんじゃないか、って話。それに大半は昼間の犯行なのに、目撃者がいまのところ誰もいないんだって」

「事前に下調べをして、逃走ルートも研究してるんでしょうね。光寿司さんの家から誰にも見られずに移動したのなら、裏手の細い道を使ったんだと思う。それを知ってるってことは、よほど土地勘があるんでしょうね」

先生は考えながら言う。光寿司さんの裏手は藪になっており、その間を細い道が通っている。地図にも載っていない道だから、知ってるのは地元の人だけだ。

「そうらしいわ。光寿司さん曰く、事前に下見に来たんじゃないかって」

「下見？」

「そう。空き巣に入られる前日に、怪しい客がランチタイムにいたんだそうよ」

「ほんとうに？」

「証拠はないんだけどね。あの店、知る人ぞ知るという感じで目立つ看板も出してないし、表通りからも外れているでしょ？　だから、平日の昼間なんていつもは常連しかいないのに、犯行の前日に限って見慣れない男性のひとり客がいたんですって」

「それが犯人じゃないか、と?」

「光寿司さんはそう疑っているわ。カウンターに座って、いろいろ話し掛けてきたそうよ。従業員はほかにいるのか、とか、ほかの家族も同居しているのか、とか。話好きのお客だと思って相手をしていたけど、よく考えたら、自分のところの状況をリサーチしていたんじゃないかって」

「それ、どんな人だったんですか?」

「ごくふつうの、四十代の男性だったそうですよ。明るい話好きの人に見えたそうよ」

「四十代の、明るい話好きの客……」

「それでね、ここからが肝心。その人、ほかにこの辺にランチできるところはないか、って聞いたんですって。それで、つい菜の花食堂って店がある、って話したんだそう。そうしたら相手が興味を持って、いろいろ聞いてきたんだそうよ。ご主人はどんな人か、家族はいるのかって。相手が聞き上手だったんで、ついついしゃべってしまったんだって」

「それはまずいんじゃないですか?」

私は思わず声を出した。村田さんはそのとおり、というようにうなずいた。

「あとから光寿司さんも後悔したそうです。なんでもなければいいけど、何かあったらどうしようって。うちは光寿司さんとはご近所だし、私がこちらと親しいことも知ってるんで、光寿司さんから菜の花食堂さんに伝えてくれって頼まれたの。よけいなことをしゃべって申し訳ない。思い過ごしならいいんだけど、万一ってこともあるから気をつけてくださいって」

それを聞いて、背中がぞくぞくした。ほんとうに空き巣がこの家を狙っているんだろうか。私にとってここはオアシスみたいな場所。先生のいるこの場所は、どこよりも気持ちが落ち着く。そこが狙われているとしたらたまらない。

「だから、優希さんも気をつけてね。怪しいお客が来ないか、ちゃんとチェックするのよ」

「わかりました」

私は大きくうなずいた。空き巣なんか、ここには近寄せない。決して。

「でもまあ、決まったわけじゃありませんから、あまり騒ぎたてないようにね」

先生はまるで危機感のない、のんびりした口調で言った。靖子先生は天然なところがあるし、あいまいなことなのであまり気にしないのだろう。その分、私たちがしっかりしなきゃ、と心の中で思っていた。

その翌日の木曜日は通常の営業日だったが、夜に予約のお客が二組入っていた。菜の花食堂はランチとカフェタイムの営業がメインだが、予約が入れば夜の営業もする。夜のお客さまの間に空き巣に入られたらどうしよう、と私が言うと、先生は笑って言った。

「それはないでしょうね。今日営業があるかどうかは、お客さまと私たちしか知らないことよ。今日のお客さまは常連の方だから空き巣の手引きはしないでしょうし。それに手口から言えば昼間の犯行が多いらしいから、うちに限って夜ってこともないだろうし」

「そうですね。来るとしたら、やっぱりランチタイムですね。その時に変なお客がいないか、気をつけます」

だが、実際にランチにいらしたのは常連さんや以前にも来たことがある方ばかりだった。住宅街の真ん中にあり、宣伝らしい宣伝はほとんどせずに口コミでお客さまを増やしているこの店は、もともとリピーター率が高い。新規のお客さまも最初は常連さんに連れて来られることが多いので、新顔のひとり客というケースは滅多にない。そういうお客さまがいれば目立つのだが、現れる気配もなかった。

構えていた分拍子抜けしたが、怪しい人がいないにこしたことはない。ランチタイムが終わってカフェタイムになった。

カフェタイムの営業は五時頃まで。お客さまの状況によって多少時間が前後するが、夜に予約が入っている時は、五時ちょうどには店をいったん閉める。この時間は私と香奈さんだけでも十分回していけるので、先生は奥の自宅で休憩していることが多い。今日も先生は奥へと引っ込んでいる。奏太くんが来るようになったので、向こうにいないわけにはいかないのだ。

この日のカフェタイムは常連さんが三組ほどいらしただけで、何事もなく終わった。レジを閉めて閉店の作業をしていると、お盆に一人分の食事を載せて、奏太くんが奥からやって来た。お盆の上にあるのはハンバーグとご飯、味噌汁だ。

「あら、今日はこちらで食べるの？」

「うん、靖子おばさんがそうしろ、って」

先生は予約のための仕込みの仕事がある。こちらで作業をしなきゃいけないのだが、奏太くんをほったらかしにするわけにはいかない。それで奏太くんにこちらに来るように、と言ったのだろう。

「じゃあ、カウンターの席に座るといいわ。そうすれば、私たちのやってることが見えるし、お話もできるしね」

それを聞いて、奏太くんは素直にカウンター席に座った。そうして、奏太くんが食事をしていると、先生が現れた。

「遅くなってごめんなさいね」

先生は工房にあったピクルスの瓶を持っている。それは今日の夜のメニューに使うものだった。

「じゃあ、すぐに支度を始めるわね」

ピクルスの瓶をキッチンカウンターに置くと、先生はエプロンをお店用のものに着替え、香奈さんと打ち合わせを始めた。

「そのハンバーグ、自分で作ったの？」

私は奏太くんに話し掛けた。私は調理担当ではないので、夜までやることはあまりない。こちらに奏太くんを呼んだということは、先生はきっと私に相手をすることを望んでいるだろう、と思った。

「うん」

「ハンバーグって難しくなかった？」

「ううん、意外と簡単だった。今度うちでも作ってみる」

その時、ドアにつけているカウベルの音がした。来客の知らせだ。振り向くと、四十代くらいの男性が立っていた。白のポロシャツにジーンズ。日曜日のおとうさん、といった格好だ。頭もぼさぼさで、前髪がほとんど眉毛を隠している。寝起きすぐに出て来た、という感じだった。

「すみません、今日はもう閉店しました」

「えっ、そうなんですか？」

そう言いながら、男はつかつかと部屋の中に入って来た。カウンターの傍まで来ると、奏太くんのお盆を見下ろしながら言う。

「こちら、おいしそうですね。これ、もうないんですか？」

私が返事をする前に奏太くんが答えた。

「おじちゃん、ダメだよ。お店もう閉まってるんだから。それに、これは僕が作ったの。売り物じゃないんだ」

「へえ、きみが」

男は感心したように奏太くんをみつめた。

「まだ小さいのに、偉いんだね。おじさん、ハンバーグどころか、卵焼きもできないよ」

男に褒められて、奏太くんはちょっと嬉しそうに頬を緩めたが、言葉は厳しかった。

「今日初めて作ったの。おじさんだってやればできるよ。家に帰って自分で作れば」

「それは無理」

男は奏太くんとの会話を楽しんでいるのか、口元を緩ませ、目を細めて奏太くんを見る。

「あの、ほんとに申し訳ないんですが、カフェタイムは終わっております。なので、また明日にでもいらしていただけませんか？」

私が強い口調で言うと、男は初めて私の存在に気づいたような顔をした。

「すみません。出直します。じゃあ、またね」

男は奏太くんに軽く手を振ると、そのまま店を出て行った。

「あの人、もしかして？」

私は香奈さんに尋ねた。

「違うと思う。下見ならもっと目立たないように来るだろうし。あれだけの滞在では下見にならないよ」

「それもそうよね。あれじゃ何にも収穫なかったね」

私は肩の力を緩めた。緊張しているせいで、身体に力が入っている。いろいろ気にしすぎもよくないな、と思いながら、右手で自分の左肩を叩いた。

それから一週間が過ぎた。怪しいお客は誰も姿を見せず、ちょっと拍子抜けするほどだった。気の回しすぎかと思うくらいだ。その日は、春のいいところを集めたような、穏やかな、やわらかい陽射しに満ちた一日だった。四月初旬のこの時期は、何もしなくても気持ちが浮き立つ。それは桜の季節だからだろうか。冬の厳しさから解放された気持ちの緩みからだろうか。

近くの野川の両岸は桜がそれはみごとに咲き誇っており、うっとりするような光景が続いている。都心の桜の名所と違って地元の人しか来ないから、満開の時期でもそれほど混雑はしない。

「もし、このまま誰も来なかったら、早めにお店を閉めて、花見に行かない？」

私は香奈さんに声を掛けた。しばらく緊張が続いたので、ちょっと息抜きしたい気分だった。

「そうね、それもいいかも」

ランチが終わった後、お店は五時まで開けている。ランチの後、店に残ってお茶を楽しむ人もいるし、野川を散歩するついでに立ち寄る人もいる。幼稚園ママたちが、お迎えまでの時間を過ごすこともある。

だが、四時を過ぎると客足はまばらになる。この店は住宅街にあって人通りも多くない。通りがかりの人が偶然入る、というより、最初からこの店を目的にやって来るお客さまがほとんどだ。そうしたお客さまは、閉店が五時であることも知っているので、四時半頃に誰もいなければ、その後はまず来店しない。なので、四時半の時点でお客さまがいなければ店を閉めてもいい、ということになっている。野川沿いには街灯もあるから、日が落ちたとしても夜桜がきれいに見える。後片づけをすませてからでも楽しめる。

「えっと、あと五分で四時半ね。このまま誰も来なければ、そうしましょう」

そう言いながら、私はテーブルの片付けを始めた。もう誰も来ないだろう、と内心では思っていた。今日は夜の予約も入っていない。夕方ぶらぶら河原を散策して、そのまま帰宅してしまおう。

お店の柱時計がボーンと鳴って四時半を告げた。と、同時にドアが開くカウベルの音がした。

「あの……まだ、お店やっていますか？」

四十歳くらいの、やさしそうな雰囲気の男性が声を掛けてきた。銀縁の眼鏡をかけて、薄手のニットにデニムというラフな格好だが、ベージュのニットは上質のカシミア。革靴もシンプルだが、高級ブランドのものだ。

「いえ、大丈夫ですよ。ただ、五時にはお店を閉めてしまいますが」

私は笑顔で返事をしたが、内心ではちょっと警戒していた。初顔の客だ。だが、予想していたような、空き巣の下見をする人物には見えなかった。

「あ、それでも結構です」

男性はそう言って、お店の中に入ってきた。私は香奈さんの方を見た。香奈さんは『仕方ないね』という顔で、ちょっと肩を竦めた。

男性は窓際の、庭がよく見える席に座った。そして、ぼんやり庭の方を眺めている。

靖子先生の家の庭は、それほど広くはないが、よく手入れされていて、四季折々の草花もみごとだった。いまはふわふわした黄色の鞠のようなミモザアカシアや、白い小さな鈴のようなドウダンツツジ、薄い紫が上品なライラックなどが咲き乱れている。そうした花の名前も、この店で働くようになってから、先生に教えてもらったものだ。

「あの、ご注文は？」

私はカフェタイム用のメニューをお客さまの前に置いた。ドリンクだけでなく、ケーキの写真も大きく付いている。

「コーヒーを。あ、ケーキとか食べ物もいっしょに注文しないとダメでしょうか?」

男性は気遣うような目でこちらを見た。

「もちろんドリンクだけでも大丈夫です。ご注文はコーヒーですね」

実際は、カフェタイムでも七割くらいのお客さまはフードも注文される。カフェタイムにしか出さない日替わりのケーキや、昔ながらのホットケーキも評判がいいのだ。むしろそれを目当てに訪れるお客さまが多い。

「はい、それで」

それだけ答えると、お客さまは椅子に深く座り直した。

香奈さんが丁寧に淹れたドリップコーヒーをお出ししても、男性は視線を庭に向けてぼんやりとしている。機械的にコーヒーを口に運び、一口飲むと「うまい」とびっくりしたような顔でカップを見た。

「これ、うまいですね」

「ご注文をいただいてから、一杯ずつ丁寧に淹れていますから」

私はちょっといい気分になった。うちはフードが有名だけど、香奈さんのコーヒーはコーヒー専門店の味にも劣らない。それもひそかな自慢なのだ。それに気づいてくださるお客さまがいるのはとても嬉しい。

「そうなんですね。失礼ながらこういうランチ主体のお店で、ちゃんとしたコーヒーがいただけるとは思いませんでした」

「ありがとうございます」

やっぱりこの人は空き巣の下見ではないのだろう。偶然通りかかって、好奇心に駆られて店に来たのだろう。

たまに、そういうお客さまもいないわけではなかった。菜の花食堂の外観はふつうの一軒家だから、一見さんは入りにくい。でも、だからこそ中を覗いてみたいと思う人もいる。そうしたお客さまのほとんどは、好奇心が満たされると二度と店に来なかったが。この人はどうだろう。うちの味を気に入って、また来てくれる気がする。

「こちら、シェフは女性なのですか？」

「はい、カフェタイムはそちらの女性がやっておりますが、オーナーシェフは別の女性です」

「そうですか。もともとはふつうのおうちのようですね」

「ええ、オーナーの自宅を改装したんですよ。お店の裏手は住居になっています」

「なるほど。この辺はたまにそういうお店がありますね」

「ええ」

そんな話をしていると、またカウベルが鳴った。閉店まであと二十分、というところだ。お客さまの顔を見てはっとした。先週、閉店の頃に来たあの中年のお客だ。今日もにやにや笑いを浮かべている。あまりいい感じはしない。それに、今日の格好はちょっと変だった。子どもが描いたひまわりか何かのような、よく言えば前衛的な柄のトレーナーに緑のパンツというスタイル。四十過ぎたいい大人には派手すぎる。こんな格好をしている人はいったい何の仕事をしているのだろう、と思う。

「あの、今日はまだやっていますか？」

私は先客の傍を離れ、入口にいるお客さまの方に行った。

「やってはいますが、閉店まで二十分しかないので、ゆっくりおくつろぎいただくのは難しいかと。それに、いまからですと、フードをお出しすることはできません」

やんわりと断ったつもりだったが、相手には伝わらなかったようだ。

「ああ、よかった。じゃあ、ドリンクだけで大丈夫です」

それだけ言うと、男はさっさと店に入って来た。そして、先客をちらりと眺めると、その人から離れたカウンター寄りの席に座った。

「コーヒーひとつ」

男はメニューも見ずに言った。

「かしこまりました」

「ところで、今日はあの子いないの？　あの、ハンバーグ作ってた男の子」

奏太くんのことだ。今日は夜の営業がないので、先生と母屋で過ごしている。

「はい。先週はたまたまこちらに来ていましたけど、いつもいるわけじゃありません」

「じゃあ、今日はこっちに来てないの？」

「ええ、まあ」

私はなんとなく不愉快だった。前回もこの人は強引にお店に入って来て、奏太くんに無理に話し掛けてきた。

「あの子、気に入ったんだ。また会えるかと思って来たんだけど。いつならいるのかな」

「いつと言われましても」

「名前、なんていうの？」

「名前を聞いてどうなさるんですか？」

「別にどうもしないよ。俺、そんな変な人に見える？」

男はおもしろそうに唇の端を上げている。

「そういうわけじゃありませんが」

「じゃあ、教えてよ。あの子なんて言うの？」

「それは……」

どうしようか、と思っていると、店のドアが開いて、当の奏太くんが入って来た。

「やあ、きみ。今日は会えないかと思った」

「……おじさん、誰だっけ？」

奏太くんは首を傾げている。

「なんだ、忘れたのか。先週、ここで会ったじゃない」

「ああ、そういえば」

「きみに会いに来たんだよ。ちょっとここに座らない？」

男は自分の座っているソファの隣りをぽんぽん、と手で叩いた。

「ダメだよ、僕、まだ仕事があるから」

奏太くんは男を無視して、私の方を見た。

「あの、片栗粉が切れてしまったんで、お店から借りて来てって靖子おばさんが」

「わかった、ちょっと待ってて」

私がキッチンの中に探しに行くと、男がしつこく奏太くんに絡んでくる。

「きみ、奥の建物にいたんだ」

「うん、そうだけど」

「ねえ、きみ、名前は？　ここで働いているの？」

「なんでそんなこと聞くの？」

「えっ？」

「知らない人に名前とか住所を教えちゃいけないって、ママに言われている」

それを聞いて、男は吹き出した。

「まいったな。そうか、そうか。確かに、ママならそう言うかもしれないなあ」

それを聞いて、奏太くんは顔をしかめた。警戒心を強くしたらしい。

私はキッチンの棚にあった片栗粉の袋を掴むと、すぐに奏太くんのところに戻った。

「じゃあ、これ。すぐに持って行って」

「うん」

「あれ、もう帰っちゃうの？　もうちょっと話をしようよ」

男は酔っ払いみたいになおも絡んでくる。

「僕、忙しいから」

奏太くんは男を振り払うように、店を出て行った。奏太くんがいなくなると、それまで男の口元に浮かんでいた笑みがふっと消えた。つまらなさそうに座っているその顔は、意外ととっつきにくい感じだ。子ども好きにはとても見えなかった。

「どうぞ」

私は香奈さんが淹れたコーヒーを運んで、男の前に置いた。男は返事をするでもなく、椅子の背もたれに身体を預け、やれやれと言うように息を吐いた。

その後は、お客はふたりとも黙ったまま過ごした。先に来たほうのお客は、ずっと窓から母屋の方を眺めている。そして、閉店の五時になるとふたりとも帰って行った。

お客さまが帰ると、私は庭の方から母屋へと向かった。先生に今日の件を報告しようと思ったのだ。ふと門の方を見ると、そこに軽自動車が止まっているのが見えた。業務用らしく、ドアのところに『浄水器ならウォータークリーン』と大きく商品名が書かれている。最近たまに見る車だ。営業をしているのだろうか、と思ったら案の定、母屋の玄関のところにセールスの人がいた。大きなトートバッグを抱えた中年の女性が先生としゃべっている。

近づいて行くと、話の内容が聞こえてきた。女性はパンフレットを片手に、浄水器の売り込みをしている。

「これはふつうの商品じゃございませんのよ。先ほども説明しましたように、あのN

ＡＳＡで採用されている特別なものなんです。ですから、従来の浄水器では取り除けなかった塩素やヒ素、細菌、農薬、ウイルス、バクテリアといった不純物が完全に除去されるんです。小さいお子さまのいるおたくでも安心してお使いになれます」

「あいにく、うちには子どもはおりません」

「一人暮らしでいらっしゃいますか？」

「ええ、まあ」

「でしたら、小型のこのタイプで十分ですね。毎日どれくらいお水をお使いになられますか？」

「店で仕事してますから、こちらではそんなに使わないんですよ」

「おうちで料理されるのは、朝だけなんですか？」

「いえ、予約が入れば夜も営業しているので、向こうで私も食事しますが、まあ、それは週のうち半分くらいかしら。あとはだいたい家で料理しています」

「レストランを経営されているなら、なおのこと、お水が大事なことはおわかりでしょう？　ご自分のためにこそ、よいお水を使うべきです。ご興味があれば、一週間試しに使ってみませんか。そうすれば、この浄水器のよさがわかると思います。取り付けも、ほんの十五分もあればすみますよ。もちろんお代はいただきません。気に入らなければ、返品していただいて結構です」

女性がセールストークをガンガンまくしたてる。先生は閉口しているのか、と思ったが、案外おもしろそうな顔で話を聞いている。

「先生」

私は営業を続ける女性の背後から呼びかけた。振り向いた女性は、私の顔を見て、しらけたような表情を浮かべた。あと少しで先生を説得できる、と思っていたのだろう。見るからに押しが強そうで、太い眉と真っ赤なルージュを塗った大きめの口元が印象に残る。

「あら、優希さん」

「こんにちは。明日のメニューの件でご相談に来たのですけど」

「じゃあ、こちらへ。……すみませんが、お客さまなので、この辺で」

先生は女性に言うと、女はパンフレットを先生に押し付けるようにして言った。

「では、また明日にでもこちらに伺いますので、それまでどうぞご検討ください。あなたもよければ、ぜひ」

女性は私にもパンフレットを強引に手渡すと、ようやく帰って行った。

私は勝手知ったる先生のご自宅に上がり込んだ。

「ちょうどいい時に来てくださったわ。ほっとけば、上がり込んで浄水器を設置していったでしょうからね。浄水器、六十万もするそうよ」

「えーっ、それは高すぎる。詐欺じゃないですか？　ダメですよ、ちゃんと断らなきゃ」

「まあ、あの方も自分のお仕事がありますからね。一応、話くらいは聞かないと」

「先生、人が良すぎますよ」

私はちょっとあきれた。先生にはそういうところがあるから、ほっとけない。

「奏太くんはもう帰ったんですか？」

「ええ、今日はおかあさんが早番だというので、二人分のお弁当を持たせて家に帰したわ。ところで、こちらに来たのはなぜ？」

「実はさっきまで、新顔のお客さまが来ていたんです。それを報告しておこうと思って」

私は先生にふたりの風体や話していたことなどを説明した。

「片方は、先週の木曜日にも来たのですけど、もうひとりの人は今日が初めて。偶然通りかかったみたいでした」

そんな話をしていると、村田さんが顔色を変えて飛び込んできた。

「大変だよ。いま、そこで変な男がこの家を覗いていたよ」

「変な男？」

「生垣の隙間から、中の様子をうかがっていたんだよ。それで、私が声を掛けると、びっくりしたように逃げて行った」

「どんな人？　顔は見えた？」

「薄暗いので顔はよく見えなかった。だけど、変な服着てたな。子どもの落書きみたいな柄のトレーナーを着ていた」

それを聞いてどきっとした。もしかしたら、カフェタイムに来ていた、あの感じ悪い客？

「パンツは緑？」

「そう、そんな感じ」

「その人、今日カフェタイムに来ていた客だわ。先週も来ていたけど。なんか奏太くんを手なずけようとしていた」

「怪しいよね、その客。もしかしたら、空き巣の下見に来ていたんじゃないの？」

「ありうる。先生、どう思いますか？」

先生は何か考えごとをしていたようだが、私の質問を聞いて我に返ったようだった。

「やっぱりそろそろやって来そうね」

「何がですか？」

「空き巣」

「えっ、ほんとうですか？」

「んー、勘なので当たるかどうかわからないけど、明日にでも来そうな気がする」

先生の勘というのはおそろしく鋭い。なので、たぶんそれは現実になる。

「何か手を打たなきゃいけませんね。どうしましょう。警察に連絡しますか？」

「なんの証拠もないし、現実にはまだ被害がないから、警察も動いてはくれないと思うわ」

「じゃあ、どうしましょう。誰に助けを求めたらいいのかしら」

私の方は気が動転して、どうすればいいかわからなかった。

「私がランチタイムの間、こっちに来て見張っていましょうか？」

村田さんの言葉を聞いて、先生は首を横に振った。

「それはダメよ。来るとはっきり決まったわけじゃないし、居直って、村田さんを傷つけようとするかもしれない。そんな危険な目に遭わせるわけにはいかない。それくらいなら、空き巣に入られた方がまし。どうせそんなにお金があるわけじゃないし」

「だったら、保田さんと一緒に待機しています。ふたりならなんとかなると思う」

保田さんはこの店に野菜を届けてくれる農家さんで、村田さんとも親しい。

「相手の腕っぷしが強かったら、それでも対抗できるかわからないわ。相手は死に物狂いで抵抗するでしょうし」

「でも、なんとかしなきゃ。方策を考えましょう」

村田さんの言葉に私もうなずいた。来るとわかっているなら、なんとかできる。なんとしても防がなきゃ。

結局、保田さんの息子さんが、そのお友だちと一緒に来てくれることになった。保田さんの息子さんの尚人さんは二十代後半、お父さんと農業をやっている。たまに野菜を届ける時に、お父さんと一緒に顔を出してくれるから、私も知っている。日によく焼けて、身体もがっしりしており、腕っぷしも強そうだ。お友だちも市内で農業をやっている。保田さん自身も来ると言ったのだが、「年寄りはあぶない」と、息子に叱られたそうだ。

ふたりは掃き出し窓からは死角になるソファの陰で待機することになった。

「今日来るとしたら、お店がいちばん忙しい十二時半くらいじゃないかと思います。

でも、もし空振りに終わったら、すみません」

先生はふたりにそんなふうに説明する。

「いえいえ、何もないならそれにこしたことはないし、もしこれで空き巣を捕まえられたら何よりです。うちの近所でも、何軒かやられましたから」

尚人さんが言うと、友人の鎌田浩之さんも、

「だよね、もし捕まえたら、俺ら、ヒーローだし」

と言って笑う。ふたりは手に竹刀を持っている。鎌田さんは中学高校で剣道部だったので、その時使っていたものだそうだ。農業で鍛えたふたりの腕には筋肉が盛り上がっている。なかなか頼もしい助っ人だ。

そうして万全の準備を整えて当日を迎えたものの、私はドキドキしていた。もし空き巣が凶器を持っていたら。あるいは武道の達人で、ふたりが対抗できなかったら。悪い方のイメージはどんどん膨らんでいく。そうこうしているうちに、ランチタイムの営業が始まった。

この日は祝日だったので、いつもより客足が早い。ランチタイムが始まる十一時にはもうお客さまが入って来る。そうなってしまうと、目の前の仕事を一生懸命やるしかない。オーダーを取ったり、料理を運んだりしているうちに、時間が過ぎていった。

十二時を過ぎる頃にはテーブル席はすべてふさがっていた。五席あるカウンターも四席は埋まっている。

カランコロンと音がした。また新しいお客さまだ。

「いらっしゃいませ」

ドキッとした。昨日も来た、あの怪しい客だ。今日は変な柄のトレーナーではなく、野球チームのロゴが大きく入ったパーカーを着ている。

私はドキドキしてきた。もしかしたら、こちらの様子を探りに来たのではないだろうか。我々が働いているのを確認して、空き巣に入るつもりだろうか。

「ランチひとつ」

「はい、ただいま」

そう返事をした声が少し震えている。怪しまれないように、精一杯平静なふりをして、お手拭きと水を男の前に置いた。

「ずいぶん混んでるんだね」

「おかげさまで」

私は笑顔を向けようとしたが、うまくいかなかった。

もしかしたら、この男は偵察だけで、実行犯は別にいるのかもしれない。空き巣が仕事をしている間、ここで私たちを見張っているとしたら……。

「ここ、いつもランチはこんな感じなの？」

男は興味深げに店内をきょろきょろ見回している。

「はい、十二時過ぎには満席になります」

「ふうん、そうなんだ。じゃあ、僕はラッキーだったんだね」

男はカウンターの上に肘をついてまだ私に話し掛けたそうだったが、「すみません」と、テーブル席の方から声が掛かった。私はほっとしてそちらに向かった。追加のオーダーをいただいて、香奈さんに告げたところで、母屋からドン、と音がした。続いて何か倒れる音。

私と香奈さんは顔を見合わせる。奥にいる先生も、料理をする手を止めて、耳をそばだてた。

「ちょっと見てきます。大丈夫かしら」

先生が私たちに声を掛けた。

「はい、大丈夫です」

香奈さんが返事する。満席のお客さまにほぼ料理が行き渡ったタイミングだった。ピークは過ぎているので、あとは香奈さんひとりでも十分対処できる。私はカウンターの怪しい男を見た。男は何食わぬ顔で、ランチを待っている。

「じゃあ、お願いね」

先生はエプロンを外して出て行った。私もついていきたかったが、仕事があるのでそういうわけにもいかない。

怪しい男の動きをそれとなく見張っていたが、男はスマホで何かを見ている。私はカウンターの中に入り、気づかれないように注意しながら、男の姿をスマホで撮影した。もし、この男が共犯だとしても、証拠がないと捕まえることができない。万一の時のために、顔写真を残しておこう、と思ったのだ。

裏では何が起こっているかわからない。内心ドキドキしていたが、目の前の光景は穏やかだ。おいしいランチに舌鼓を打ち、楽しそうに談笑する人であふれていた。空き巣なんて犯罪とはまるで別世界のようだった。

それから二十分ほどしてお客さまが帰り始める頃、入口が開いて保田さんが入って来た。私の顔を見て、おいでおいで、と手招きした。近づいて行くと、保田さんは小声で言った。

「無事に空き巣は捕まえた。共犯者も。靖子さんと息子たちは事情聴取のために警察に行くけど、心配しないでと伝えてくれって、靖子さんが」

「ああ、よかった」

安堵のあまり足の力が抜けて、その場に座りこみそうになった。

「大丈夫？」

保田さんが私の右腕を摑んで支えてくれた。

「詳しい事情は靖子さんが帰ったら、説明するそうだから、安心して」

「はい。ほっとしました」

「じゃあ、俺も自分の仕事に戻るから」

あれ、保田さんもうちで待機していたんだろうか？　と疑問に思ったが、それを確かめようとする前に、「すみません、お会計」と、声が掛かった。それで、私は仕事へと戻って行った。


「ふたりには心配かけて悪かったわね」

その夕方、戻って来た先生は開口一番そう言った。

「そんなこと、いいんです。それより、何が起こったんですか？　どうして先生は空き巣が今日来るってわかったんですか？」

「あのね、この辺は静かな住宅街だけど、人通りがないわけじゃない。それも地元の人しか歩いていないから、怪しげな人や怪しげな車がいたら、意外と印象に残るものよ。それなのに目撃者がいないというのは、とても不自然。真っ昼間、住宅街の奥まった場所での犯行なのにね。だから、目撃されていても気づかれなかったんじゃないか、と思ったの」

「というと？」

「犯人を見ていても犯人じゃない。そこにいても不思議じゃない誰か、と思ったんじゃないか、と」

「そこにいても不思議じゃない誰か、というと？」

「たとえばガス会社とか電力会社の車が道路の端に止まっていても、そこで仕事してるんだな、と思って人は見過ごしてしまうでしょ。そこの作業服を着ていたら、どんな人かも気にも留めないでしょうね」

それを聞いて、私はハッとした。

「浄水器の訪問販売！」

「そう。ご名答」

先生は深くうなずいた。

「ここ、と目をつけた家に、いきなり押し入るのではなく、訪問販売を装って玄関を開けさせる。そこでいろいろ話をして家族構成や生活時間帯を聞き出したのね。相手が女性だと、警戒されにくいし。それに家の中を覗けば、お金がありそうとか、どこにお金を置いているとかも見当がつくから。その間、もうひとりの男が車の中から周囲の環境や逃走ルートを確認していたのね。実際に空き巣に入るのは男の方。空き巣の時は作業服を着ているから、道路を歩いていても気にされない。その間、女は車の中で待機して、仕事が終わった男を乗せるとすぐに立ち去った。これが街中なら、あちこちに防犯カメラがあるから車も映っただろうけど、この辺は住宅街だからそれもないしね」

「じゃあ、昨日訪問販売が来た時には気づいていたんですね」

「最初から怪しいと思っていたけど、話しているうちに確信を持ったの。浄水器ならふつうお店に取り付けることを勧めると思うのよね。なのに、母屋に取り付けることしか勧めない。おまけにセールストークをしながら私が一人暮らしか、ほかに出入りする人はいないかを確認しようとしていたからね」

「じゃあ、今日来ると思ったのはなぜなんですか？」

「だって本人が言ったんだもの、明日また来るって。そう言ったからにはまた来るんだろうな、と思ったのよ」

事件は無事に解決した。犯人は夫婦もので、浄水器販売が本業だったという。景気が悪くなった影響で高額の浄水器が売れなくなった。それで商売が成り立たなくなり、犯行に手を染めるようになったそうだ。新聞に載った男の写真を見て私は驚いた。犯行前日に、カフェタイムに来た男だった。派手なトレーナーを着ていた方ではない、感じのいい方のお客だ。事前に店に下見に来るという噂は本当だったのだ。自分は空き巣犯と話をしていたかと思うと、背筋に悪寒が走った。

市民を悩ます連続空き巣事件を解決に導いた、ということで、保田さん親子と鎌田さんは表彰されることになった。当日保田さんの父親の方は路上で待機して、浄水器販売の車を見張っていたのだ。息子さんたちから空き巣を取り押さえたという連絡を受けると、警察を呼んだのも保田さんだった。

その朝、いつものように野菜を運んで来た保田さんは、表彰される日が決まったことを靖子先生に報告し、申し訳なさそうに言う。

「ほんとは靖子さんこそ表彰されるべきだと思うんだけどねえ」

実際警察の方からも打診されたのだが、靖子先生は固辞されたそうだ。

「あら、私は何もやっていないもの。身体を張って頑張った保田さんたちこそ、表彰されるのにふさわしいと思うわ。隣人のためにそこまでやるって、なかなかできないことですもの」

先生はいつものように穏やかに微笑んでいる。目立つことも、ひとの噂になるようなことも好まない、先生らしい対応だと思った。

保田さんが帰った後、私は先生に尋ねてみた。

「だけど、あの日、うちを覗いていた人がいましたよね。あれはなんだったんでしょう」

「ああ、うちにランチに来ていた人ね。それは別だと思ってた。もし、空き巣の下見に来るとしたら、目立つ格好はしないでしょう。逆になるべく印象に残らない格好をするのだと思う。むしろ、あの人は自分を印象づけたかったんでしょうね」

「それはどうして？」

「自分を覚えてほしかったんじゃないかしら。あるいは、そういう格好の方が子どもウケすると思ったのかもしれない」

「子どもウケ？　どうして？」

「たぶんあの人は奏太くんのおとうさんじゃないかと思う」

「ほんとに？」

「だって、あの人、木曜日に現れていたでしょ。最後は祝日だったけど。木曜日がお休みになる仕事なのかな、と思ったの」

奏太君の父親は医者だ、という話だった。奏太くんが母から聞かされている唯一の情報がそれだったのだ。そして、この近辺の医者は木曜日は休診になることが多い。

「それに、やっぱり奏太くんに似ている」

「えっ、そうでしょうか」

私はスマホを開き、撮影した写真を見た。言われてみれば、とても似ている。斜め前から撮影しているので、いつもは前髪で隠れているおでこや鼻の感じがはっきりわかった。奏太くんのおでこにそっくりだ。

「なぜかわからないけど、奏太くんには父親とは名乗れないのでしょう」

「父親とは名乗れない、だけど、奏太くんと仲良くしたいってことですか?」

「おそらくね。ここなら、別れた彼女とも会うことがないし、偶然を装えば可能だと思ったんでしょう」

「つまり、浮気か何か、おとうさんが原因で別れたので、親権もないし、面会することもできないってことなんでしょうか?」

「たぶんね。おかあさんは口にすることもできないくらい、おとうさんと別れたことにこだわっているみたいだから」

「じゃあ、ここに来たのはなぜ？」

「なぜでしょうね。興信所か何かで調べていたのか、風の噂で聞いたのかわからないけど、息子に会いたかったんでしょうね」

「じゃあ、私たち、どうしたらいいんでしょう。奏太くんに説明した方がいいんでしょうか？」

「それは必要ないわ」

先生は首を振った。

「家族の問題ですもの。触れられたくないのだと思う。私たちはいままで通り奏太くんにもお客さまにも接するだけよ」

「それでいいんでしょうか？」

「それでいいのよ」

先生はきっぱり言い切った。それでいいのかな、と思ったが、隠していることを暴き立てるのはよくない、というのが先生の考え方だ。

「もし、打ち明けたくなったら、自然に話してくれるでしょう。それまではふつうに接しましょう」

「わかりました」

そういう日がほんとうに来るのだろうか。だけど、奏太くんのためには、早く来るといいな、と私は思っていた。

キャラ弁と地味弁

テーブルに並んでいるのは、春キャベツとあさりの蒸し煮、春キャベツの豚バラ巻き、春キャベツのメンチカツ、コールスロー、春キャベツとアンチョビのペペロンチーノ。春キャベツとソーセージのスープ。キャベツ尽くしだ。

「さあ、みなさん席に着いて。試食にしましょう」

靖子先生の指示に、みんな待ってましたとばかりにテーブルの方に移動した。エプロンと三角巾を外し、試食の準備に掛かる。

今日の料理教室のテーマは春キャベツ。キャベツは一年中出回り、どこの家でもよく使われる食材だが、時期によって状態が違う。夏から秋にかけては、いちばんキャベツらしいキャベツ。煮ても焼いてもナマでもおいしい。冬は巻きがしっかりして葉も厚いので、スープや煮物など火を通したものに向いている。一方、春キャベツは葉が柔らかく、巻きもふわっとしている。それを生かしてナマで食べるのに向いている。

そうした違いを知ってもらうために、春キャベツを料理教室で取り上げたらどうだろうか、と提案したのは私だ。先生が賛成してくれたので、今日のテーマに決まった。

なので、私はいつにもまして張り切って準備した。試食も楽しみだ。

「わ、コールスロー、柔らかい」

「このスープ、絶品ね」

あちこちで声が上がる。私も生徒さんたちと一緒に、四人掛けのテーブルで試食をしている。同じキャベツでも、蒸し煮にしたものは甘味が際立つ。その素朴な味わいを舌で楽しみながら、私はみんなの話を聞いている。

「こうやって料理すれば、キャベツひと巻きくらい、あっという間に消費できますね」

料理教室の常連の村田佐知子さんが言う。

「ほんと、簡単だし、お弁当にも使えそうなおかずがいろいろあるわ」

生徒の岸田麻央さんが言う。岸田さんは四十代後半のはずだが、三十代と言っても通用するくらい若々しい。ゆるくウエーブの掛かった栗色のロングヘアは、色白のやさしい目鼻立ちによく似合っている。苦労知らずのお嬢さんがそのまま年を取ったような、おっとりした女性だ。

料理教室には三ヶ月に一度くらいのペースで参加されるが、もともとはお店の常連さんで、家族連れでよくうちに食事に来ていた。

「岸田さんのお子さんは中学生？」

村田さんが尋ねる。

「いえ、高校生なんです。この春、高一になったところだから、あと三年お弁当作らなきゃいけないんです」

「へえ、そんな大きなお子さんがいるなんて、とても見えないわね」

「そんなこと、ないです」

岸田さんは言われ慣れているのか、おっとりと返事をする。家族でお店にいらっしゃるので、岸田さんのお嬢さんのことは私も知っている。璃々(りり)と言う名前で、目鼻立ちがはっきりしているのでおっとりした雰囲気ではないが、母親似のきれいな顔立ちだ。ふたり並ぶと姉妹のように見えた。

「お嬢さんはお弁当を喜んで食べてくれる?」

「どうでしょうか。いまどきは見栄えも大事でしょ。栄養よりも見た目をよくしてくれ、って言うんです。茶色いお弁当だと、友だちに恥ずかしいんですって」

「女の子はたいへんね。うちは男の子だったから、とにかくガッツリ。揚げ物とか焼肉を大盛のご飯に載せておけば、それで満足していたわ」

村田さんのお子さんはもう働いているので、お弁当作りは卒業している。

「ほんとに、男の子の方が楽だったと思うこともありますよ。うちの娘、いろいろうるさくて。時々はキャラ弁を作れって」

「キャラ弁？　アニメのキャラクターを弁当で作るってやつ？」

「アニメじゃなくても、動物でも風景でもいいんですけどね。何か、パッと見て印象に残るような、インスタ映えするかわいいお弁当がいいみたい」

「はあ、たいへんだ。私の頃には、キャラ弁もインスタもなかったし、面倒なこと言われずに済んだからよかったわ。お弁当作るだけでも面倒なのに、キャラ弁なんてとても、とても」

やれやれ、と言うように、村田さんは首を振った。

「ふつうのお弁当だって、海外に比べれば結構面倒。アメリカじゃパンとリンゴだけとか、生野菜にチーズにクラッカーとか、そんな程度らしいですよ」

それは私もアメリカに留学経験のある友人から聞いていた。ものの五分もあれば用意できるようなお弁当がほとんど。なかにはプレッツェルをお弁当にする人もいて、びっくりしたそうだ。

「でも、さすがにそれじゃ栄養摂れないし、心配ですよね。成長期だし、ちゃんと食べさせないと」

岸田さんは真面目な顔で言う。日本のおかあさんの多くは、そう思って毎日栄養のあるお弁当作りをしているのだろう。それだけでもたいへんなのに見栄えまで考えるなんて、ほんとうに頭が下がる。

私は箸を休めて尋ねた。

「それじゃ、岸田さん、時々キャラ弁をお作りになるんですね」

「ええ、週に二回くらいは」

「わあ、それはたいへんですね」

私は勉強のためネットで食関係の情報をチェックしているが、それで毎日いろんなキャラ弁を見掛ける。海苔で似顔絵や言葉を切り抜いたり、おにぎりやおかずに目鼻をつけてキャラクターに見立てたり、と手の込んだものが多い。ふつうのお弁当を作るよりはるかに手間が掛かる。これを週二回も作るとしたら、とてもたいへんだろう。

「だけど、作り甲斐もあるんです。キャラ弁にすると嫌いな食材も食べてくれるんですよ。なので、まあ、いいかって」

「普段は残すんですか?」

「ええ、セロリや春菊なんて普段の食事では必ず残すし、ふつうのお弁当だったら、それだけきれいに取り分けて食べずに残っているんですよ。でも、キャラ弁の時だけは別。何を入れても食べてくれる。なので、偏食を直すきっかけになればと思ってるんですよ」

そういえば、お店に来た時も璃々さんは嫌いな野菜だけ取り分けて残していたっけ、と思い出した。おかあさんが「お店の人に失礼だから、ちゃんと食べなさい」と言っても、聞かなかったっけ。だけど、お皿を下げる時に「残してすみません」とちゃんと謝ってくれた。なので、そんなに悪い気はしなかった。

「じゃあ、キャラ弁の時は、あえて娘さんの苦手なものを入れてるんですね」

「ええ、まあ。目立たないように春菊をほうれん草と混ぜたり、セロリも玉ねぎと混ぜて使ったりしてますが」

「へー、それでもちゃんと食べるんだ。娘さん、えらいね」

村田さんが感心したように声をあげた。

「おかあさんが頑張って作ったから、娘さんも頑張って食べようと思ってるんですね。やさしい娘さんですね」

私が言うと、岸田さんは微苦笑を浮かべた。

「どうなんでしょう。いつまでも子どもで、親を気遣うなんてあんまり考えてないと思うんですが」

「いえいえ、その年頃は素直になれないだけで、きっとおかあさんを思っていますよ」

このおかあさんの娘さんだ。細やかな心遣いのできる人だろうと思う。

「そうですね。ほんと、最近はあまりしゃべらないんで、何を考えているか、ちっともわからなくて。だけど、お弁当を残さず食べてくれるなら、まあ、元気だし大丈夫かな、と思ったりするんですよ」

その言葉を聞いて、私も母のことを思い出した。私も高校時代はあんまり母と会話しなかった。母も岸田さんみたいな気持ちでお弁当を作っていたのかな。

今晩母に電話してみようかな、と思いながら、私はペペロンチーノのパスタをフォークに巻き付けた。

その日のカフェタイムの終わり頃には、あのお客さまがいた。奏太くんのおとうさんかもしれない人だ。私と香奈さんは、ひそかに木曜の人、と呼んでいた。今日の格好は比較的ふつうだ。白のポロシャツにジーンズ。休日のおとうさんスタイルだ。

空き巣事件からひと月、木曜の人が姿を現すのは事件後二回目だ。前回来た時はカフェタイムが終わる五時を過ぎてもしばらく粘っていたが、夜の営業のない日だったので、奏太くんは店には姿を現さなかった。それで、「そろそろ閉店なので」と促すと、しぶしぶ帰って行った。

今日は夜の営業がある日なので、奏太くんは五時過ぎには夕食を持ってこちらに来る。それを知っていたので追い出すのは気が引けたが、五時二〇分になったので、帰ってもらうことにした。

「お客さま、そろそろ閉店でございますので」

「え、ああそう？」

男が腰を上げたところに、奏太くんがお盆を持って入って来た。後ろから靖子先生も続いて入って来る。靖子先生は男を見て「ごゆっくり」と声を掛けると、カウンターの中に入って支度を始めた。奏太くんはお盆を持ったまま、カウンターの左端の席に着く。奏太くんが店で食べる時は、いつもそこと決まっていた。それを見て、木曜の人はまた席に座った。

「あの、もうちょっとここに居ていいかな？　そう、ほんの一〇分くらいでいいんだ。あ、ただでとは言わない。その、今日のケーキ、持ち帰りできる？　明日までもつよね」

「えっ、ええ」

カフェタイムには、いつも焼き菓子を用意している。先生が焼いたパウンドケーキやレモンケーキなどをお出しするのだ。評判は上々で、これを目当てに来店される方も多いし、お土産に持ち帰る人もいる。今日のケーキはキャロットケーキ。しっとりと柔らかく、人参の風味にふわっと重なるシナモンが効いている。店で出す時は、それに生クリームを添える。

「だったら、それを四つもらえるかな」

その日はちょうど四つ残っていた。余ったケーキは翌日のランチタイムにデザートとして出したり、私たちが休憩の時にいただいたりするので無駄にはならない。だが、カフェタイム中に全部売り切れるなら、それにこしたことはない。

「はい、ではお包みします。生クリームはお付けしますか？」

「生クリーム？　いらないな。ケーキだけくれればいいよ」

「かしこまりました」

私がテイクアウトの準備を始めると、男は立ち上がって奏太くんの傍に来た。

「やあ、また会ったね」

奏太くんは男の顔をちらっと見て「こんにちは」と平坦な声で返事した。お客さまなので最低限の礼を尽くす、という感じだ。

「今日のもおいしそうだね。また、自分で作ったの？」

奏太くんのお盆には、つくね団子とピーマンを交互に串で刺したものが載っている。

それに、タコさんウインナーときゅうりとミニトマト、ゆで卵だ。

「うん」

「難しくない？　こんなふうに、いい色に焼くのは難しいだろ？」

つくねはみたらし団子のように、おいしそうな焼き目がついていた。

「簡単だよ。つくねは最初にお湯で茹でて、醤油と味醂を塗ってから、レンジのコンロで焼いたんだ」

横で聞いていた私は、なるほど、と思った。焼くだけで中まで火を通そうとすると、火加減が難しい。だが、あらかじめ火が通っていれば、きれいに焼き色が付けばそれでいい。

「なんだか、お弁当のおかずみたいだね」

「そうだよ。今度の土曜日、運動会だから、お弁当の作り方を教わったんだ」

「誰に？」

「靖子おばさん。そこにいる人」

奏太くんは、カウンターの中で働いている先生の方を見た。目が合った先生は、にこっと笑った。

「へえ、きみ料理を習っているんだ。えらいなあ。おかあさんは作ってはくれないの？」

「自分で作りたいんだ」

「うん、これならコンビニで売ってるお弁当と、見た目そんなに変わらないよ」

「コンビニ弁当より、こっちの方がおいしいよ」

奏太くんは口を尖らせた。自分で作ったものの方がおいしいというのは、子どもなりのプライドだ。

「ごめん、ごめん。そりゃそうだよね。でもきみ、コンビニ弁当を食べたりすることもあるの？」

「うん。うちの親、忙しいから、たまに買ってくるの。どうせ買うならあったか屋の方がいいんだけど、学校行事の時のお弁当はコンビニ弁当。彩りがきれいなのを選んで、僕の弁当箱に詰め替えるんだ」

「そうなんだ」

私はキャロットケーキを箱詰めしながら、ふたりの会話を聞いている。奏太くんの答えは、ちょっと意外な気がした。病院に勤めている看護師さんなら、栄養だけでなく添加物にもこだわるのかと思っていた。もっとも、こだわりたくても忙しすぎてゆとりがないのかもしれないが。

「それってあんまりおいしくない。そう言ったら、靖子おばさんに自分で作ってみろって。文句ばっかり言ってたら、用意してくれるおかあさんに失礼だって。それで自分で作ろうと思ったんだ」

「それはいいね。おかずはこれで全部？」

「うん」

「このウインナーがいいね。これにチーズと海苔を使えば、キャラ弁っぽくなるし」

「チーズと海苔？」

「スライスチーズを丸く切って、それより小さな丸くくりぬいた海苔をチーズの上に載せる。すると、目のように見えるだろ？　その目を載せると、ソーセージがよりタコらしくなる」

「ふーん、おじさん、よく知ってるね」

「まあね。これがひとつあると、キャラ弁っぽくなるよ。ゆとりがあったら、やってみるといいよ。はやりなんだろ？」

「いつもは給食だから、知らない。それにそういうこと好きなのは女子だし」

「キャベツのナムルは作らないの？」

私は奏太くんに聞いてみた。つい先日作って、奏太くんがとても気に入っていたものだが、お弁当にも向きそうなおかずだと思う。キャベツを電子レンジに掛け、まだ温かいところに塩と醬油、胡麻油とチューブのニンニクを入れて混ぜたものだ。味見させてもらったが、思った以上にちゃんとナムルっぽい。調味料は適当というものの、先生がこれくらい、とだいたいの量を示しているから、大外れはしない。

「塩や醬油は、最初から多く入れちゃダメ。小さじ一杯はだいたい五グラム。だけど、二、三人の分量で、味付けのための塩を小さじ一杯も入れることはあまりない。まずは小さじ三分の一くらい塩を入れてみて、それから足していけばいいのよ」

先生はそんなふうに奏太くんに教える。そうして少しずつだが、奏太くんはレパートリーを増やしている。

「うん、だけどつくねを作るだけでも時間が掛かるだろうから、ほかはなるべく楽なものにしといた方がいいって」

「そうね。お弁当をひとつちゃんと作るのが大事だもんね」

確かに、慣れない奏太くんには、つくねを作るだけでも手間だろう。よけいなことを言った、と私はちょっと反省した。

「坊や、えらいなあ。そんなものまで作るんだ」

「坊やじゃないよ、ちゃんと奏太って名前がある」

むくれたような顔で奏太くんは言う。最初は警戒していたが、男にだいぶ馴染んできたようだ。

「ごめんごめん、奏太くん、運動会の朝、お弁当作るってたいへんじゃない？」

「まあ、そうだけど。朝、うんと早起きしなきゃいけないだろうし。あー、作ることよりそれがめんどくさい。何時に起きればいいのかな。六時で間に合うかな」

奏太くんは口の中でぶつぶつと唱えている。つくねで何分、ご飯炊くのに何分、と掛かる時間を数えているようだ。

「やっぱりたいへんだね。なんなら、おじさんがお弁当持ってきてやろうか」

「おじさんが？　お弁当作れるの？」

「いや、自分が作るんじゃなくて、行きつけの定食屋に頼めば、作ってもらえる。常連だから無理を聞いてくれるんだ。コンビニ弁当なんかより、断然うまいよ」

「いいよ。知らないおじさんにそんなことしてもらうのは変だし。それに僕、自分で作ってみたいんだ」

奏太くんは毅然としている。自分のやることに誇りを持っているようだ。それを聞いた男は素直に謝った。

「そうか、そうだな。余計なおせっかいだった。ごめん」

「いいよ、別に」

「でも、奏太くんが作ったお弁当、見てみたいな。写真撮っといてくれる？」

「いいけど」

「なんなら、ＬＩＮＥで送ってくれる？　スマホは持ってるんだろ？」

「持ってるけど」

「じゃあ、ＬＩＮＥ教えてよ。おじさんのも教えるから」

「やめとく」

奏太くんがきっぱりと断ると、男はあからさまにがっかりした顔になった。きっと奏太くんとＬＩＮＥで繋がりたいから、写真の話をしたんだろう、と私は思った。奏太くんは弁解するように言った。

「おかあさんに、むやみにＬＩＮＥで人と繋がっちゃいけないって言われている。へンなものを送り付けてくる人もいるし」

「僕はそんなことしないけど……だったら、今度来た時に、写真見せてよ」

「それくらいならいいよ」

「じゃあ、今度。僕は木曜しか来られないけど、木曜のこの時間なら、きみはここにいるの？」

「わからない。居る時もあれば居ない時もあるし。会えた時でいいでしょ？」

「まあ、そうだね。来週以降会えるかどうかは、神のみぞ知るか」

男はそう言って、口元に笑みを浮かべた。唇の端が上がったその笑みは、どこか嫌みっぽい顔に見えた。


その翌週の火曜日、ランチタイムがそろそろ終わろうとする頃、ドアのカウベルが鳴ってお客さまが入って来た。

「いらっしゃいませ。あら、岸田さん」

常連の岸田さんだ。ランチタイムに家族やお友だちと来るのは珍しくないが、今日はひとりだった。岸田さんがひとりで訪れるのは、料理教室以外では初めてだ。いつもは明るくにこやかなのに、今日は私と目が合っても笑わない。青菜に塩を振ったようにしおれた感じだ。

「ランチ、まだありますか？」

「ええ。大丈夫ですよ。お好きな席にどうぞ」

お店にはもう二組しかお客さまがいない。テラス側の四人組の主婦のグループはそのままカフェタイムまでいらっしゃるようだが、真ん中のテーブル席のお客さまはそろそろ帰ろうとしている。

「ここでいいですか？」

岸田さんは遠慮がちにカウンターの端の方を指さした。いつも、奏太くんが座っている場所だ。まだ時間が早いので、もちろん奏太くんはここには来ていない。

「もちろん結構です。どうぞ」

岸田さんはゆっくり椅子に座った。

「ご注文はランチでよろしいでしょうか？　今日はスパゲッティボンゴレになりますが」

「はい。食後のドリンクはコーヒーでお願いします」

聞くまでもなく、自分から先回りして岸田さんは言う。常連さんなので、ドリンクが選べることを知っているのだ。

今日のランチは旬のあさりをたっぷり使ったスパゲッティボンゴレに玉ねぎとセロリと人参の入ったコンソメスープ。それにシーザーサラダ。ランチは定食が多いが、時々パスタを出すこともある。これは先生の気分で、「パスタを作りたい」と思う時があるのだそうだ。パスタよりはご飯を好む人のために、パスタの日はキーマカレーも用意していた。

注文を受けると、先生はフライパンにたっぷりのオリーブオイルを入れ、刻んだニンニクと赤唐辛子を落とし込む。一方で、香奈さんがパスタの用意をする。

ニンニクのよい香りが流れてきたところで、下ごしらえしていたあさりを入れる。あさりが口を開いたら、いったん皿に取り出し、先生は香奈さんから茹で上がったパスタを受け取った。それをフライパンに入れ、残ったソースに絡めて味を染み込ませる。塩で味を調え、最後にイタリアンパセリとオリーブオイルで仕上げをする。流れるような一連の動作は、何度見てもうっとりする。

そう思うのは私だけじゃないようだ。岸田さんも食い入るように見つめている。おそらく家でボンゴレを作る時の参考にするつもりなのだろう。作り方が単純なだけに、ちょっとした手順のもたつきで、味が変わってしまう。何度やっても、私は先生のようにうまくはいかなかった。

「さあ、召し上がれ」

出来上がったランチのお盆を、先生はカウンター越しに岸田さんに渡した。あさりとニンニクの混じった香りがふわっと漂っている。

「ありがとうございます。あの……」

「なんでしょうか？」

「ランチ終わったら、ちょっと話を聞いてもらってもいいでしょうか？」

岸田さんは上目遣いで先生を見上げる。いつもの笑顔はない。

「もちろん大丈夫ですよ。そろそろランチタイムも終わりますので、私も身体があきますから」

岸田さんを安心させるように、靖子先生は包み込むようなやさしい笑顔を浮かべた。

幸いランチタイムが終わる頃には、岸田さん以外のお客さまは誰もいなくなっていた。テラス側の席にいた主婦グループも、二時前に帰って行った。

「では、こちらの席でいいかしら」

靖子先生は主婦グループが座っていた場所を示した。ほかの席と少し離れているので、お客さまが来たとしても声が聞こえにくい、と配慮されたのだろう。先生と岸田さんはそこに向かい合って座った。

「コーヒーのお代わりはいかが?」

岸田さんに勧めると、いりません、というように岸田さんは首を横に振った。

「では、ごゆっくり」

私が傍を離れようとすると、岸田さんが止めた。

「よければ優希さんもご一緒に。あの、優希さんのご意見も聞きたいので」

たぶん先生とふたりだけで話すのが気詰まりだと思われたのだろう。そう察して、私は靖子先生と並んで座ることにした。

「娘のことなんですけど、もしかしたら、ただ気を回しているだけなのかもしれないけど、その、どうしても気になって。もし、考えすぎだと思ったら、遠慮なく言ってください」

「それはかまいませんけど、なぜ私に？」

「靖子先生は、洞察力が鋭くて、いろいろな謎解きがお得意だって聞いています。なので、先生ならわかるんじゃないかと思ったんです」

私はちょっと驚いた。先生はそういう面をあまり他人に知られたくないのだ。なので私たちもあまり口にしないようにしていたが、生徒さんたちの間ではとっくに噂になっていたらしい。だが、続いて岸田さんが語ったことに、もっと驚かされた。

「それに、優希さんがそれを助けていらっしゃるとか。名探偵ホームズの助手のワトソンみたいに」

「そんなことはないです。先生が鋭いのはほんとうですが、私は何もしていません」

噂はほんとうにいいかげんだ。私がワトソンのような位置づけに思われたら、先生の方がご迷惑だろう。

「いえいえ、私が優希さんにいろいろ助けられているのはほんとうですよ。ひとりだけなら、気づかないこともあったと思います」

「先生まで、そんな」

私は内心あせった。先生がそんなことを言うと、ますますおかしな噂が広まってしまう。

「まあ、それはともかく、岸田さんの話を伺いましょう」

先生が促したので、それ以上弁明はできなかった。

「この前、料理教室で娘のお弁当の話をしたのですが、覚えていらっしゃいますか？」

「はい、キャラ弁を時々作られるって話ですね」

「私は席が違ったから、聞いていないわ。どういう話？」

先生に聞かれたので、私が覚えていることを説明した。お嬢さんがお弁当作りにいろいろ注文すること。キャラ弁を時々作れと言っていること。キャラ弁にすると好き嫌いなく食べてくれるので、週に二回は岸田さんが作っていること。お嬢さんなりに気遣いされているんじゃないか、ということ。

私が説明するのを横で聞いていた岸田さんが、感心したように言う。

「やはりワトソンですね。私が説明するより、よほど的確です」

「そんなことありませんよ」

私は赤面する思いだ。

「それで、何が問題なんですか?」

先生が話を促す。

「はい、それが先週になって突然、『もうキャラ弁はいらない』と言い出したんです。ふつうのお弁当でいいって。理由を聞いても、『もう飽きた』と言うだけなんです。夫はただの気まぐれだろうと言うし、気にすることはないと思って翌日、またキャラ弁を作ってみたんです。いつものように、ほうれん草に春菊を混ぜて、サラダにみじん切りにしたセロリを入れてみました。すると、帰ってから娘が怒るんです。キャラ弁はいらないというのに、また作っていた。それに、自分の嫌いな春菊やセロリまで入れるなんて、信じられないって。それで、半分以上食べずに残したんです」

「嫌いじゃないおかずまで残したってことですか?」

先生が岸田さんに質問する。

「はい。すごい剣幕で怒っていて、私としたらどうしてそこまで怒らなきゃいけないのかわからなくてうろたえてしまいました。夫はただのわがままだ、と言うんですが、気になってしまいます。それで、その後は嫌いなおかずは入れないし、キャラ弁もやめているのですが、なかなか完食はしてくれなくて」

「体調が悪いとか、心配ごとがある、ということではないのですね？」

「はい。私もそれが気になって、本人に聞くんですが、関係ないって言うし。いままでは仲のいい親子だったし、学校であったこともいろいろ話して聞かせてくれていたんですが、最近では、家に帰るとすぐに自分の部屋に閉じこもってしまうし」

「年齢的に、難しい時期ではありますね」

「夫は反抗期だからほうっておけって言うんですけど、どうして急に態度が変わったのか、気になって仕方ないんです。もし、外で何かあったとしたら、なんとか助けてあげたいし」

先生はふっと笑った。

「お嬢さんは素直な方ですね」

「素直？　そうでしょうか。隠し事するし、気に入らないと口も利かないし」

「そんなふうに態度に出るということは素直な証拠です。悪いことを企んでいたら、親にばれないように、表面上はふつうの態度を取るんじゃないかと思いますよ」

「そうでしょうか？」

「そうだと思います。悪いことじゃなくても、親に言いたくないことはあるでしょうから」

「つまり、あまり詮索しない方がいい、ということですか？」

「そうですねえ。お嬢さん、学校に行くのを嫌がったりはしていないんですね？」

「ええ、とくには。部活を熱心にやっているし、クラスのお友だちとも仲良くやっていると思います。昨日も誰かと長電話して、笑い声が聞こえてましたし」

「夜いつまでも起きているとか、こっそり家を抜け出したりはしていませんね」

「それはないと思います。もともとロングスリーパーで、八時間は寝ないともたない、って言うんです。夜起きていたら翌朝は途端に目覚めが悪くなるので、そういうことがあればすぐに気がつきます」

「ダイエットを始めて、お弁当を食べたがらないというわけでもないのですね？」

「それもないです。ダンス部の大会が近くて、エネルギーを消費するから、ダイエットどころじゃない、と思います」

「それでしたら、やっぱりお子さんはそんなに深刻な問題を抱えているとは思えません。このまま様子を見てもいいんじゃないですか？」

「そうかもしれませんが、気になるんです。食べることは大事だし、いままで一生懸命お弁当を作ってきたのに、急にダメだと言われたらどうしたらいいかわからない」

　先生は諭すように言ったのだが、岸田さんは引き下がらない。たおやかに見えて、意外と頑固なのかもしれない。

「そうですか。お嬢さんがなぜ急にキャラ弁を嫌がるようになったかを知りたい、と」

　先生は確認するように聞いた。

「はい」

「まず考えられるのは、周りの誰かに『キャラ弁なんて子どもっぽい』って言われたんじゃないか、ってことですが」

「それはない、と思います。周りにもキャラ弁を持って来る子はいますし、中には、インスタにその日のキャラ弁をアップする子もいるそうなので」

「キャラ弁っていうのは、見せるためのお弁当って意味合いもありますね。食べる人のためだけじゃなく、周りに『こんなにかわいいお弁当を作りました』と示す。それがいまの人のコミュニケーションの手段のひとつなんだと思いますが」

「それは確かにそうです。私も、作る時には娘が喜ぶというだけじゃなく、周りのお友だちに評価されるようなものにしようと思っていましたから」

「それじゃ、娘さんがキャラ弁をインスタに上げるのも嬉しいんじゃないですか？」

「いえ、うちの娘はキャラ弁をインスタに上げたことはないです。うちの子はもっぱらかわいい雑貨を撮ってアップしていますので。インスタは何もかも投稿するより、テーマを絞った方が多くの人に見てもらえるそうなので」

インスタつまりインスタグラムの内容もチェックしているんだ、と私は思った。私だったら、親に自分のインスタのアカウントを教えたりしない。

「でしたら、周りのお友だちの中には、食べ物ばかり上げている人や、お弁当をアップしている人もいるんですね？」

「おそらくは」

「どんなインスタを上げているんでしょうか？　それがわかったら、ヒントになるかもしれません。でも、さすがにそこまではわかりませんよね」

「いえ、わからないことはないと思います」

「えっ、お子さんのお友だちのアカウントもご存じなんですか？」

「さすがにそこまでは……。でも、調べようと思えばできないことじゃないです。娘をフォローしている相手のリストからチェックすればいいだけなので」

「どういうことですか？」

先生はＳＮＳをやらないので、ぴんとこないらしい。

「インスタの娘のアカウントから、プロフィールを表示させるんです。そうすると、娘がフォローしている相手とフォローしてくれる相手が出てきます。それをひとつひとつ調べていけば、お弁当を上げている友だちもわかると思います」

「そこまでやらなくても」

先生は、よけいなことを言ってしまった、という顔をしている。

「娘がフォローしているのは五百人以上いますけど、娘をフォローしてくれているのはせいぜい七、八十人。なので、そんなたいへんじゃないです」

「そうやって調べても、何もわからないかもしれませんよ」

「いいんです。それで何かヒントになることがわかるなら、やってみます」

「どうしてもやるんですね」

先生は溜め息交じりに言う。

「はい。娘の気持ちが知りたいので」

「だったら、ひとつだけ約束してください。もし、それで何かわかったとしても、娘さんに言うより先に私の方に連絡ください。いきなりお嬢さんに話すと、感情的にこじれるかもしれません。なので、どう対処したらいいか、いっしょに考えましょう」

「わかりました。じゃあ、調べてわかったことがあれば、報告しますね」

そう言って、岸田さんは帰って行った。先生は、その後ろ姿を見ながら、再び深い溜め息を吐く。私は先生に聞いてみる。

「先生は、どういうことかおわかりになったんですか？」

「ええ、まあ、おおよそのところは。そんなに大したことではないから、ほうっておけばいいのに」

「そうなんですね」

「娘さんには娘さんの人間関係がありますからね。最近はいじめの問題もあるから、気に掛かるのはわからないじゃないですけど」

大したことではない、という先生の言葉に、私はちょっと安心した。知り合いのお嬢さんだからというのではなく、誰であれ、いじめとか陰湿な話だったら嫌だな、と思っていたのだ。

「岸田さんが調べてわかるかどうかもわからないし、まあ、静観しておくことにしましょう」

先生はそう言って立ち上がった。ちょうどその時、ドアに取り付けたカウベルが音を立てた。

「いま、大丈夫ですか？」

主婦らしい二人連れだ。初めて見る顔だった。

「はい、ランチは終わっていますが、お茶でよければ」

「はい、それで大丈夫です」

二人連れは窓際の席に向かう。私はメニューを持ってそちらに向かった。先生は店を出て、母屋の方へと帰って行った。


岸田さんが再び店に来たのは、その二日後のカフェタイムが終わる頃だった。岸田さんは店のカウンターに座ると、私に聞いた。

「あの、先生はいらっしゃいます？」

岸田さんは眉間に深い皺を寄せている。いままで見たことのないような、思いつめた表情だ。

「先生は、母屋におります。そろそろこちらに見えると思うのですが」

ちょうどその時、カウベルが鳴る。先生かと思って振り向いたら、あの男だった。奏太くんと話したがる男。そうだ、今日は木曜日だった、と私は思い出した。

「あれ、そこ、いつもの子の席じゃないの？」

男はカウンターを見て言う。岸田さんは何を言われているかわからない、というように首を傾げる。

「別に、奏太くんの指定席っていうわけじゃありませんよ。お客さまがいる時には、空いてる席に座ってますから」

私は男に説明した。

「そう。あの子、今日は来ないの？」

そう言っているところに、先生と奏太くんが現れた。奏太くんは自分で作った夕食のお盆を持っている。

「ねえ、きみ、そこふさがってるから、こっちに座らない？」

男が誘うと、奏太くんは「いいよ」と言って、男の前に座った。男は「珈琲ひとつ」と、メニューも見ずに言った。

一方、岸田さんは先生を見ると、立ち上がって駆け寄った。

「あの、この前の話、インスタを調べたんです。そうしたら、びっくりするようなことがわかって」

岸田さんは興奮して、畳みかけるように先生に話そうとする。

「落ち着いて。ともあれ、座ってお茶でも飲みませんか？」

先生に言われて、岸田さんははっとしたように私の方を見た。

「すみません、注文もせずに。あの、紅茶をお願いできますか？　ロイヤルミルクティーを」

「かしこまりました」

私はカウンターの中にいる香奈さんに「珈琲ひとつとロイヤルミルクティーひとつ」

と、告げた。それからお水とおしぼりをそれぞれのお客さまのところにお運びする。男の方は、奏太くんのお盆の上のドライカレーについて、あれこれ質問しているので、私は邪魔にならないように、そっと離れた。

一方、岸田さんと先生は並んでカウンターに座っていた。

「あの、私、娘のインスタを調べて、娘の友人のアカウントを突き止めました。そのうちの一人がお弁当の写真をアップしていたんですが、それがみんな私の作ったキャラ弁だったんです」

「それはどういうことですか？」

「私が作ったキャラ弁を、『今日のお弁当』とタイトルをつけて、彼女が自分のインスタにアップしていたんです。まるで、自分の親が作ったお弁当みたいにして」

岸田さんの声は怒りのあまり震えている。

「ショックでした。私が一生懸命作ったお弁当なのに、お友だちに渡してしまうなんて。もらった子ももらった子です、そんなふうに嘘を吐くなんて」

「やはりそういうことでしたか」

先生は驚いた様子でもなく、そう返事をした。

「先生は気づいていらしたんですか？」

「ええ、まあ。キャラ弁の時だけ完食するっていうのは、たぶんその時だけお嬢さんはお弁当を食べてない、あるいは誰かと分けているんじゃないかと思いました。ほら、高校生くらいの女子だったら、お弁当をシェアするとか、交換するということも、時にはやりたがるでしょうから」

「どうしてそれを？」

「岸田さんのお嬢さんは外食した時でも、嫌いなものを残していらっしゃいましたね。ほかの食材と混ざっていても、それだけ外して食べていた。そういう方が、キャラ弁の時だけ完食するっていうのは不自然な気がしたんです」

「ああ、言われてみればそうですね。なんで私は気づかなかったんだろう。気づかずに、娘が完食してくれると喜んで、毎回工夫していたなんて、バカみたいですね」

岸田さんはショックを受けているのか、泣き出さんばかりだ。それだけお弁当作りに力を注いでいたということなのだろう。私も、岸田さんがちょっとかわいそうになった。

「ところで、インスタにアップしていたお子さんは、どんな人なんですか？」

「たぶん、同じクラスの北条さんという子だと思います。インスタ見てたら、行動がなんとなくわかりますでしょ？　娘と同じ日にショッピングに行ったり、カフェに行ったりしているので、それで、その子だろうと」

「その北条さんというお友だちは、どんな子なんですか？」

「私は二回くらいしか会ったことがないんですが、礼儀正しい、頭のいいお嬢さん、という印象でした。娘に言わせるとクラスの人気者だそうで、最近になってようやく親しく口をきけるようになった、と喜んでいました」

つまり岸田さんのお嬢さんにとってはあこがれの存在、のようなものだったのだろう。

「じゃあ、友だちが言い出したのか、お嬢さんが自分で言ったのかわかりませんが、キャラ弁の時だけお弁当を交換することになったんですね？」

「そういうことなんでしょうね。そのきっかけまではわからなかったんですが」

「そのお友だち、おかあさんはお弁当を作ってくれないのでしょうか？」

「どうなんでしょう？　インスタをずっとさかのぼって読んだら、働いていていつも忙しい方のようだ、ということはわかりましたが」

「それで、キャラ弁までは作れない。だから、岸田さんのお嬢さんのキャラ弁を見てうらやましく思い、交換することを頼んだ、そんなところでしょうか」

あこがれの友だちに頼まれたら、岸田さんのお嬢さんは嫌でも断れなかったのかもしれない、と私は思った。

「そうなんでしょうね。それをやめることにしたのは、そういうことに飽きたのか、めんどくさくなったのか、それともふたりの関係が悪くなったので、やめたのか」

岸田さんはちょっと悲しそうな顔をしている。先生は慰めるように言う。

「もうひとつ可能性として考えられるのは、お嬢さんたちが後ろめたくなった、ということもあるかもしれませんね。キャラ弁の時は毎回残さず食べてくれると、おかあさんが喜んでいること、おかあさんをだましていることに罪悪感を抱いたのかもしれません」

それを聞いて、岸田さんの表情が少し緩んだ。

「ああ、確かに。それはありそうです。あれこれ文句を言っても、根は私のことを気遣ってくれる子ですし。友だちに頼まれたからやっていたとしても、私をだましている罪悪感で、続けるのが嫌になったのかもしれない」

岸田さんはそうあってほしいという願望にしがみついているようにも思える。

「だとしたら、どうしたらいいでしょう？　娘に気づいたことを話して、叱った方がいいんでしょうか？　それとも、知らん顔してやりすごした方がいいんでしょうか。思春期だし、こんなふうに私がインスタを調べたことを知ったら、きっと怒るでしょうね。どうすればいいのでしょう？」

おろおろする岸田さんに、先生は諭すように言う。

「それについての正解はありません。気づいても知らんぷりをするのもありだし、親をだましたことについてちゃんと叱る、というのもありだと思います」

「だったら、どちらがいいと思います？」

岸田さんは完全に先生に頼り切っている。先生がそれに何か言おうとした時、後ろで声がした。

「坊主、すげえな。このお弁当、自分で作ったのか」

「坊主じゃない、奏太だってば」

お弁当という声を聞いて、私たち三人は同時にそちらを向いた。男と目が合うと、男はにこっと笑い、手にしていた携帯を持って私たちの方に近寄って来た。

「ほらこれ、奏太くんが初めて作ったお弁当。よくできているでしょ？」

男は自慢げに携帯の画面をこちらに向ける。メニューは以前先生に教えてもらったつくね団子とピーマンを交互に串で刺したもの。それに、タコさんウインナーときゅうりとミニトマト、ゆで卵だ。お弁当箱にきれいに詰めていて、小学生男子が作ったにしては上出来だ。

「すごいですね。この子が全部自分で作ったんですか？」

岸田さんは一応、何か言わなきゃと思ったのか、そんなことを言う。でも、こころここにあらず、といった感じだ。

「そう。小学四年なのに、なかなかやるだろう？」

「それほどでもないよ」

褒められたのが嬉しいのか、奏太くんは鼻の下を人差し指でこすった。

「子どもって案外たくましいからね。必要に迫られればこうやってお弁当だって作れる。案外いろんなことができるんだよ。最近じゃ、親が過保護すぎて、キャラ弁だなんだってみてくれのいいお弁当を作ってやるけど、そんなことしないで子どもに自分でやらせた方が、本人のためになるんじゃないかねえ」

男は岸田さんの状況を知ってか知らずか、それだけ言うと自分の席に戻って行った。

岸田さんは痛いところを突かれた、と思ったのかもしれない。唇を軽く噛みしめていた。

先生は、カウンターの中に入り、日本茶を淹れた。そして、「どうぞ」と、岸田さんに渡す。「ありがとうございます」と言って、岸田さんは受け取り、機械的に口に湯呑みを運んだ。

「この件は、ご自分ひとりで考え込まず、旦那さんとお話しなさった方がいいと思います。お嬢さんにどう接していくかというのは、母親だけの問題じゃないですから」

岸田さんははっとしたように先生の方を見た。

「何もかも暴いて、お嬢さんを問い詰めることには賛成しません。子どもは厳しくしすぎると、嘘をついてごまかすようになる。かといって何もなかったことにすると、親をごまかすのはたやすい、と思い込むかもしれない。その辺のバランスはとても難しい。だから、どういうふうに接した方がいいか、それはご両親で考えて、自分の家の方針を決めるといいんじゃないでしょうか」

「自分の家の方針ですか」

「岸田さんのお嬢さん、ご両親のことは好きだと思いますよ。時々、うちにみえられた時の言動を拝見していると、そう思うんです。そもそも親が嫌いだったら、いっしょに食堂に来ようとは思わないでしょう」

「それは……そうですね」

「だから、ちゃんと話し合えば、お互いにとっていい結果になると思いますよ。あまり気にしすぎないで」

「わかりました」

岸田さんは少し落ち着いたようだ。湯呑みのお茶をゆっくり飲み干すと、席から立ち上がった。

「ありがとうございました。インスタみつけた時は、どうしようかと思いましたが、そうですね、一方的に叱るだけじゃなく、娘の言い分も聞いてあげなきゃ。夫にも相談します」

そうして、来た時よりは落ち着いた足取りで、店を出て行った。

「やれやれ、過保護なおばちゃんだ」

静かになったお店の中で、男の声が響いた。奏太くんと話していると思っていた、あの男だ。

「聞いていたんですか？」

私は思わず男に尋ねた。

「聞くも何も、あれだけ大声で騒いでいたら、自然と耳に入ってきちまうよ。高校生にもなれば、毎日親の作る弁当に飽きて、たまには交換したいって思ったって、なんの不思議もなかろうに。手を掛けた弁当だから食べてほしいなんて願うのは、親の勝手な願望。結局、取り換えっこにも飽きてやめたんだから、それでいいじゃないか」

男の吐き捨てるような言い方に、私は不快な気持ちを抱いた。だが、反論する言葉が思いつかない。すると、先生が静かに言った。

「そう言い捨てるのは簡単ですけど、なかなかそんなふうには割り切れないものですよ。毎日毎日朝早く起きて、子どものためにお弁当を作る。これって、結構しんどいことなんですよ。あなた、やったことがありますか？」

「いいや」

「めんどくさいと思うこともある。それでも続けるのは、子どもに対する愛情があるから。食べるものがその人を作る。だから、なるだけ良い素材のものを、良い状態で子どもに与えたい。そう願う母親の気持ちを、私は尊いと思います」

男は憮然として先生をみつめている。先生は淡々とした口調で続ける。

「それは母親でなくてもいい。昨今は母親も忙しいし、料理の得意な男性だって増えてますからね。父親が弁当を作ってもいいんです。もちろん、手作りができない時は、出来合いのお惣菜を買って来たってかまわない。できる範囲で子どものためにやればいい。もちろん、子ども自身がやると言うなら、それでもいい。お弁当ひとつとっても、それぞれの家庭でやり方は違う。やれることも違う。でも、それぞれが一生懸命なんです。それを、何もやらない部外者があれこれ批判する権利はないんですよ」

男はキッと先生を睨んだが、すぐに表情を緩めた。

「まあ、そうだな。俺は子どものために弁当を作るなんて、やったことがないもんなあ」

男は、自分自身に言い聞かせるように言う。

「俺も弁当のひとつも作れるんだったら、家族に捨てられることもないのかもしれないが」

「家族に捨てられる？」

「そう、うちは家庭内離婚みたいなもんさ。俺は家にいない方が喜ばれる」

どういうことだろう？　この人は奏太くんの父親かもしれない、と思っていたが、自分の家庭があるという。奏太くんの母親と別れた後、別の人と再婚したのだろうか。

「うちの娘も、この坊主くらいの頃はかわいかったんだけどなあ。高校生にもなると生意気になっちまって。『パパは不潔だから近寄らないで』なんて言うし。俺は子育て間違えたよ。もう一度、坊主の年頃からやり直したい」

それだと、奏太くんが生まれる前に結婚していたことになる。再婚説は成り立たない。

先生の推理が間違っていたのだろうか？

「そんな、できもしないことを考えても仕方ないですよ。いまの状況を少しでもよくすることを考えた方が建設的じゃないですか」

「じゃあ、どうすればいいんだ？」

「それは私に聞くことじゃないでしょう」

「えっ？」

「それはあなたの家庭の問題。あなたの奥さんに聞くべきことでしょう。自分のどこが悪いのか、どこを改めたらいいのか。改めても、もうやり直すことはできないのか」

「そんなこと」

男はそこで言葉を切って、黙り込む。

「そんなことできない、ですか？　それとも、そんなことやりたくない、ですか？　どっちにしても、そうあなたが思っている間は、家族との関係は改善しませんよ。むしろ、そういうふうに家族と向き合うのを避けているあなたの態度こそ、あなたが家族から見捨てられる最大の原因じゃないでしょうか？」

「利いたふうな口をきくな。あんたにうちの何がわかるんだ」

男は先生を睨みつけた。先生は平然としている。

「ええ、わかりません。私は聞かれたから答えただけです。過去は変えられない。過去にあなたがないがしろにした相手は、あなたのした仕打ちを忘れない。それでもやり直したいと思うなら、あなたが誠心誠意謝罪し、償おうとする姿勢を見せるかどうかです。それをやらないで、都合よく元の鞘に戻れるなんてことはありません。もちろん、謝ったところで拒まれることもあるでしょうけど」

「だったら、謝っただけ損じゃないか」

「損とか得とか言ってる段階で、反省していないってことと同じです。それをやらないで、過去にあなたがしたことを、相手が許してくれると思わない方がいいです。ご自分の家庭であろうと、そうでなかろうと。子どもと仲良くなったくらいで、どうにかなるとは思わないでくださいね」

それを聞いた男の顔色がさっと青ざめた。ぎゅっと唇を噛みしめると、席を立ち、奏太くんに言った。

「ごめん、おじさん用を思い出したから、そろそろ帰るわ」

「うん、じゃあね」

「じゃあ、また。達者でいろよ」

そのまま帰ろうとする。

「あの、お勘定」

私が声を掛けると、投げ出すように怒ったような顔でこちらを向き、財布から無造作にお札を一枚取り出すと、レジのところに置いた。

「ありがとうございます。おつり、すぐに用意します」

と、私は言ったが、男は「いらない」と言うと、そのまま出て行った。

「どうしましょう。これ、一万円札なんですが」

「もし、今度お店に姿を見せたら、渡せばいいでしょう。もう来ないかもしれませんが」

先生はいつものように冷静だ。

「先生、さっきの言葉、もしかして奏太くんのことを言ったんですか?」

「なんのことでしょう? 私は聞かれたから答えただけですよ」

先生は微笑んでいる。だが、先生の言葉が男の痛いところを突いたのだ、と私は思った。

でなければ、あんなふうに急に立ち上がって帰ろうとするわけがない。

「ごちそうさまでした」

奏太くんが手を合わせて挨拶する。

「あら、きれいに食べたわね。じゃあ、そのお盆、カウンターのところに持って行ってね」

先生はやさしい声で奏太くんに言う。そのまなざしは、実のお孫さんを見守るような慈愛にあふれていた。

インゲンは食べられない

「簡単にできるレシピね」

村田佐知子さんは頭を傾げた。料理教室が終わった後の試食会でのことである。先月から参加している園田澪（そのだみお）さんに聞かれたのだ。園田さんはアラフォーのキャリアウーマン。大柄で見るからにパワフルで、目も口も大きくはっきりしている。日本人離れしたゴージャスな美人だ。だが、料理はそれほど得意ではないらしい。ずっと一人暮らしだが、忙しくて外食することが多かったそうだ。

「うーん、うちはどんぶり物かな。親子丼とか。それさえ面倒な時はカツを買ってきてカツ丼にするわ。玉ねぎをくし切りにして、薄めためんつゆで煮たところにカツを入れて、卵でとじればいいから、カンタンよ」

「面倒な時は、近所の焼き鳥屋から焼き鳥を買ってきて、それを載せて焼き鳥丼。焼き鳥のタレをご飯にかけるんだ。料理というほどのもんじゃないけどね」

杉本春樹（すぎもとはるき）さんがちょっと照れくさそうに言う。杉本さんも村田さん同様、この料理教室の常連さんだ。

「私はハムと大葉を半分に切って、何枚かを交互に載せたハム丼もよくやるわ。料理本のレシピで知ったの。醤油とワサビをちょっと垂らして食べるとおいしい」

やはり常連の八木千尋（やぎちひろ）さんが言うと、園田さんが注文をつける。

「できれば野菜を使ったものがいいんだけど」

「それなら常夜鍋ね。ほうれん草と豚肉の薄切りだけのしゃぶしゃぶ。冬は何度作るかわからない、お助けメニューよね」

村田さん同様、常夜鍋はうちでもよく作る。野菜も肉も摂れるし、ひとりでも楽にできるから、面倒な時はほんとうに助かる。

「冬ならポトフもいいよ。最初の日はポトフそのままを食べて、翌日はホワイトソースを加えてシチューにしたり、カレーのルーを加えればカレーにできるし」

杉本さんの発言を受けて、八木さんが言う。

「だったら、白菜と豚バラ肉の薄切りを煮たのはどうですか？　白菜をざっくり切って、何も入れずにじっくり蒸し煮にするのもいいし、生姜と人参の細切りとコンソメを加えてスープにするのもいいし。どっちも簡単でおいしい。豚バラじゃなくても、マグロの缶詰でもいいし」

「ああ、それ、もう一品欲しい時に、私もよくやるわ」

それまで黙っていた靖子先生が口を挟んだ。

「先生でも料理が面倒って思う時があるんですか？」

私は思わず尋ねた。靖子先生はふだんの時も、しゃべりながら手が動いている。こまごまと作業するのはいつものことだし、何より料理人だ。私たちよりずっと料理が苦にならないんじゃないかと思う。

「あら、もちろんよ。疲れている時は、何もしたくないって思うもの」

「先生の手抜きレシピってどんなのですか？」

さらに突っ込んで聞いてみる。

「私の場合手抜きというか、料理を簡単にするために、野菜を買った時すぐに茹でておくの。ほうれん草とか小松菜とかもやしとか。あと人参と大根は細切りにして塩を振ったものを常備している。それが手抜きの元かしら」

「野菜を茹でるのが手抜きレシピ？」

「うどんや蕎麦（そば）にぱっと一摑み入れたり、肉を焼く時に同じフライパンの隅でさっと焼いて塩コショウすれば、副菜が簡単にできるし。ちょっと手を掛けてナムルにしたり、マリネにしたりしてもいいし、胡麻醬油とあえてもいい。そのままサラダに入れてもいい。一から作ろうと思うと面倒だけど、野菜の下ごしらえが済んでいれば、気楽にできるでしょう？」

「でも、肉類は？」

「豚肉や鶏肉を塩麴や味噌に漬けておくの。そうすれば焼くだけで済むし。ふだんの日は冷蔵庫にあるものを適当に焼いたり、そのまま並べたりして食べている。いい加減なものよ」

「うーん、そこまでやっていたら、手抜きとは言えないわ」

村田さんが感嘆したように言う。

「そうかしら？」

靖子先生は首を傾げる。

「そうですよ。だいたい買って来た野菜をすぐ茹でるというのが面倒で、なかなかできないです」

村田さんの言葉に私も内心賛同する。そういうやり方があるとは知っている。だけど、習慣化するのは難しい。やっぱり面倒なのだ。

「でも、野菜は新鮮なうちに料理した方がいいし、いずれはやらなきゃいけないことだもの。手間を先取りしておけば、あとが楽なのよ」

先生は涼しい顔で言う。

「作り置きで何か一品作ろうと思うと気合いがいるけど、茹でるだけ、細切りにするだけなら、隙間時間にえいやっ、とやればいいことだから」

先生はえいやっという言葉に合わせて拳を振った。先生でも、そんなふうに自分にカツを入れることがあるんだろうか。

「そうか、テレビ観てる時にでもやればいいのよね」

村田さんが思いついたように言った。先生は話を続ける。

「それから私はひき肉と玉ねぎと人参とピーマンのみじん切りを炒めたものを冷凍庫に常備している。これはオムレツの具にしたり、ご飯に混ぜてケチャップで味付けしたり、スパゲッティミートソースにしたり、マッシュポテトと合わせたりするの」

「ああ、コロッケの材料ですね」

園田さんが言う。確かに、マッシュポテトにひき肉を混ぜたものを俵形に握り、小麦粉と溶き卵、パン粉をつけて揚げればコロッケだ。

「ええ。私の場合、ひき肉の上にマッシュポテトを載せ、さらにその上にチーズを載せてオーブントースターで焼き目を付けたシェパーズパイにすることの方が多いけど」

シェパーズというのは羊飼いだから羊飼いのパイという意味になるのかな。もしかしたら、元は羊肉を使っていたのだろうか。

「そんな料理もあるんですね。今度作ってみようかな」

園田さんは感心したような口ぶりだ。コロッケの中身を焼いたものだから、味は間違いないだろう。それにコロッケより簡単に作れるのがいい。私もそのうちやってみよう。

「だけど、おいしくて食べ過ぎてしまうから、要注意なのよ」

先生と常連の生徒さんたちは、試食をしながら楽し気に会話している。きっと先生はこの会話が楽しいから、料理教室を続けているんだろうな、と思う。

「そんな感じで、参考になったかしら？」

「はい、いろいろアイデアをもらいました。今度彼が来た時に、試してみようと思います」

園田さんは大きくうなずいた。

「ところで、来月は何の野菜を取り上げましょうか。毎回やってると、レパートリーが尽きてしまうわね」

先生が言うと、すかさず村田さんが言う。

「次はぜひモロヘイヤをやりませんか？」

「モロヘイヤ？」

「栄養がすごくあるんでしょ？　アンチエイジングにもいいというし、夏バテ予防にもいいらしいですね。だけど、癖があって食べにくいし、なかなかメニューに取り入れられないから、靖子先生に教えてもらえたら、と思うんです」

村田さんの意見に、私も大きくうなずいた。モロヘイヤは身体にいいと知っていても、一人暮らしでは全部食べ切れる自信がなくて、手を出しにくい。おいしく食べられるレシピを知っていれば、と思うのだ。

「そうねえ。たまには癖のある野菜を取り扱ってもいいかなあ」

先生もちょっと乗り気のようだ。

「モロヘイヤですか」

園田澪さんがちょっと不満そうな声を出した。

「モロヘイヤは苦手？」

「いえ、私は大丈夫なんですけど……」

園田さんは恥じらうように言葉を切った。

「こんなこと言うのは何かと思うんですが、その、彼氏があんまり好きじゃないんで」

四十歳を前に一念発起、婚活を始めた。それからすぐに婚活パーティで知り合った彼と、現在結婚を前提におつきあいを始めているそうだ。料理を習っているのも、婚活のために必要なことらしい。

「モロヘイヤじゃなければ、インゲンにしようかとも思うのよ」

先生が言うと、園田さんは首を横に振った。

「インゲンはさらにまずいです。彼、インゲンはアレルギーがあるので」

「インゲン豆アレルギー？　だったら、豆全般ダメってこと？」

「全部ってわけじゃないみたいです。それに、症状もひどくはないので、食べられないことはないんです。だけど、なるべく料理には入れない方がいいと思うし、わざわざ豆料理を作ることもないと思って」

「わー、それはたいへん。作るもの、考えちゃうね。結構、面倒じゃない？」

村田さんは率直にものを言いすぎる。それがなければいい人なんだけど。

「でもまあ、それ以外はほんとにいい人なんです。性格もいいし、条件的にもぴったりだし」

「だけど、食事となると毎日のことだよ。大丈夫？」

「そのために、ここに料理を習いに来てるんですから」

園田さんはあまり気にしてないようで、村田さんににっこり笑いかけた。ずっと営業の仕事をしているので、感情を表に出さず、にこやかにしていることに慣れているようだ。それにはちょっと憧れる。自分は細かいことを気にしすぎると思うのだ。村田さんに言われたのが私なら、むっとするだろう。

「園田さんの彼、もしかしたら、この前お店に一緒にいらした方ですか?」

私が尋ねると、園田さんは嬉しそうにうなずく。

「はいそうです」

その人のことは覚えている。しきりに冗談を言って、園田さんを笑わせていた。感じのいい人だが、少し皿に食事を残していた。インゲンのバター炒めも手付かずだったのは、アレルギーのためだったのか。

「うちのミルクと一緒にテラス席でランチをいただきました。気持ちのいい日でしたし、彼も喜んでいました」

ミルクというのは園田さんの愛犬だ。白いチワワで、とても賢い仔だ。食事の間中、ちゃんとテーブルの傍で吠えることもなく、じっと待っていた。

「犬とも仲がよさそうでしたね」

ふと私は思い出した。残りものをあげたり、かわいがっているようだった。

「彼も犬好きなんですよ。いままで飼ったことはなかったので、ミルクと遊ぶのが楽しいみたい。犬好きというのも婚活の条件には大事なポイントです。私にとってミルクは家族みたいなものですから」

　園田さんは照れることなく、堂々と言ってのける。

「じゃあ、もうその方とご結婚をお決めになったのね」

「はい。実はもうすぐ同居するつもりで、マンションを探しているんです。彼が同じ中央線沿線に住んでいるので、中央線のどこかで探そう、と思っています」

「まあ、そうだったの。おめでとうございます」

「おめでとうございます」

　先生に続いて私もそう言ったが、正直驚いていた。先月の料理教室では、まだつきあおうか迷っている、と言っていたはずだ。婚活パーティで知り合ったのだから結婚が前提だし、やっぱりスピードも速いのかもしれないが。

「ちょっと早いかな、と思ったんですが、こういうのは縁だし、タイミングも大事だと思うんです。それに私、できれば子どもが欲しいと思うし」

「子ども、欲しいの？」

「そうなんです。昔はまったく興味なかったんだけど、そろそろ子どもを産むリミットが近づいてきていると思ったら、このままじゃいけない、と思ったんです。仕事ばかりで人生終わるのもつまらないし、子どもがいる人生っていうのも経験してみたくて」

「子どもを目的に結婚しない方がいいのに」

ぼそっと靖子先生がつぶやいた。聞こえたのは隣りにいた私だけだろう。たまに靖子先生はシニカルなことを言う。

「いままでも結婚したいと思う相手もいたんだけど、仕事もおもしろかったし、その頃はまだ結婚という気にはなれなかったんですよ。まあ、そろそろ潮時かな、と思って」

園田さんは淡々としている。結婚したいから婚活して、条件の合う人をみつけた。いいことだと思うけど、なんだか合理的すぎる気もする。

「それで婚活パーティに」

村田さんの言い方に、非難めいたものを感じたのだろう。園田さんは弁解する。

「信頼できる業者がやっている婚活パーティなので、身元のちゃんとした人しか参加できないんですよ。ふつうの飲み会やイベントで知り合うよりもリスクは少ないし、最初から相手も結婚を考えているとわかっているから、ヘンな駆け引きは必要ないですしね。何より条件がぴったりだったから」

「園田さんが相手に求める条件って、なんだったんですか？」

　思い切って私は聞いてみた。私自身は未婚だから、人が結婚を決意する理由に興味がある。

「まずは、私が仕事をすることに協力的であること。それに、生活力があること」

　即答だ。園田さんにとっていちばんの関心事は仕事なのだろう。

「生活力っていうのは？」

「料理や掃除が苦にならないってことよ。一緒に生活するんだから、フィフティフィフティでやってほしい。もちろん経済的に独立しているってことも大事だけど」

「じゃあ、彼は家事全般苦にならないんですね」

「そう。料理なんかは私より上手。それで、私ももうちょっと上手になりたいと思って、ここに習いに来たの」

「なるほど。年収とか勤めている会社は条件には入らないの？」

　村田さんが尋ねた。

「それは特に。私自身が稼いでいるから、そういうことは問題にならない」

　さすが、自分に自信のあるキャリアウーマンだ。私もそういうことが言ってみたい。

「彼は何をしている人なの？」

　村田さんは興味津々で、さらに追求する。

「フリーランスのカメラマン。広告系の仕事をやっているの」

「それだと収入は不安定でしょう？」

「まあね。だけど、自分とまったく違う世界を知っているから、話していて飽きないし、企業のサラリーマンよりも考え方が自由だから刺激になる」

なるほど、園田さんのような人には、むしろそういう人の方が合っているのだろう。同じようなサラリーマンだったら、どちらが出世しているかとか、年収の多い少ないとか、比べるところが多いので、かえって気詰まりかもしれない。

「でも、決め手は顔とスタイルかな。毎日見る顔だから、嫌いなタイプは避けたいし」

「確かに、イケメンでしたものね」

私は店に来た彼の姿を思い出した。すらりとした長身で、彫りが深く、髪も少し長めでおしゃれな人だった。声がちょっと掠れて高くて、私の好みではなかったけど。

「だけど、決めるの早すぎない？　もうちょっとゆっくり相手のことを見極めた方がいいんじゃないの？」

村田さんがまたおせっかいな発言をする。しかし、園田さんは意に介さないようだ。

「こういうことは勢いが大事ですから。じっくり考えたら、私の場合、面倒になってしまいそう。それに、長年つきあっていても、離婚する時は離婚しますしね」

「それも一理あるけどね」

村田さんはまだ納得できないみたいだ。

「まあまあ、どんな出会いでも、お互いが納得していればいいんですよ。園田さんがいいと思った方なのだから、きっといい人だと思いますよ」

先生がそんなふうに村田さんをなだめた。確かに、長年キャリアウーマンとしてばりばり働いてきた園田さんだから、男を見る目もあるだろう。村田さんが心配する筋ではない。

「ところで来月のテーマは何にしましょうか。モロヘイヤもインゲン豆もダメだとすると……」

「トウモロコシなんてどうでしょう？　まだ取り上げたこと、ありませんよね」

八木さんが言うと、「いいね」と、杉本さんも賛同する。

「トウモロコシ、大好き」

園田さんも目を輝かせる。

「そうね。コーンの缶詰は一年中あるけど、ナマのトウモロコシならではのよさはあるわね。じゃあ、次回はトウモロコシで考えましょう」

「賛成！」

「楽しみ！」

みんなが口々に賛同して、次回のテーマが決まった。

「次回も必ず参加します！」

園田さんが言う。

「その頃にはもう結婚していたりしてね」

村田さんが茶々を入れる。園田さんは笑ったが、否定もしなかった。案外本当にスピード結婚しているかもしれない、と私は思っていた。


数日後のこと。

その日は珍しくカフェタイムも空いていて、四時を過ぎた頃にはお客が誰もいなかった。この後、ディナータイムに予約が入っていた。このまま誰も来なかったら、早めに店を閉めて、夜の準備に掛かろうかなどと考えていると、カウベルが鳴って、奏太くんが入って来た。

「こんにちはー」

「ああ、奏太くん、今日は奥の仕事終わったの？」

「うん。それで、こっちで夜の下ごしらえの手伝いをしなさいって言われたんだ。枝豆の端を切るんだって」

「そうなんだ」

「だったら奏太くん、こっちに来て、手伝ってちょうだい」

キッチンの奥から和泉香奈さんが声を掛ける。平日はほぼ毎日奏太くんはやって来る。奥で子どもができる仕事は限られているので、頼む事がなくて困る時もあるらしい。そういう時は、先生は奏太くんにお店の方の手伝いをさせることにしているのだ。

奏太くんがキッチンに入ると、香奈さんは枝豆とキッチンばさみを渡し、やり方を教えた。

私は表に「closed」の札を出した。少し早めだが、今日のカフェタイムは終了だ。それから、テーブルを拭いて、夜のディナーのための準備を始めた。

そうしていると、カウベルが鳴って、誰かが入って来た。先生かな、と思って顔を上げると、そこにいたのは困惑した様子の園田さんだった。

「あの、カフェタイムはもう終わりましたが」

私が声を掛けると、園田さんは元気のない声で言った。

「いえ、お店に来たんじゃないんです。あの、うちの仔、チワワのミルクを見掛けませんでしたか？」

「この前連れていらした犬ですか？」

「ええ、真っ白で人懐っこい仔です。ちょっと外出している隙に、窓から逃げ出したみたいなんです」

「私は見ていません。香奈さんは？」

私は、キッチンの奥にいる香奈さんに声を掛けた。

「私はずっと店にいたから。……いつ、いなくなったんですか？」

「今日の午前中。仕事が休みだったから、ちょっと買い物に出て、その隙に」

そんな話をしていると、今度はドアを開けて、先生が入って来た。

「あら、園田さん、どうかなさったんですか？」

「お忙しい時にお邪魔してすみません。あの、うちの犬が逃げ出したので、捜しに来たんです。こちらのお庭に紛れ込んでいないか、と思って」

「犬？　見なかったと思うけど」

「小さい仔だし、臆病だから、隅の方に入り込んでいることもあるかもしれません」

先生の家の庭はこの辺にしては広く、草木が茂っている。犬の一匹くらいは簡単に隠れることができる。

「じゃあ、庭を捜しましょう。奏太くん、ちょっと手伝ってあげて」

　声を掛けられた奏太くんは、すぐに作業をやめて、手を洗ってキッチンから出て来た。

「どんな犬なの？」

「チワワで名前はミルク。七歳になる仔よ」

「チワワってどんな犬だっけ？」

「毛が長くて、耳が立っていて、これくらいの大きさ」

　園田さんは左右の手のひらを四十センチほど離して、大きさを示す。

「色は？」

「ほとんど真っ白なんだけど、背中の方は薄く茶色が混じっている。あ、写真もあるわ」

　園田さんはスマホを開いて、犬の写真を提示した。私も後ろからそれを眺める。犬の全身を撮ったもので、安心しきっているのか口元を緩めていて、笑っているようにも見える。

「かわいい」

　奏太くんがつぶやく。

「じゃあ、奏太くんが庭を捜してちょうだい。裏庭の方も忘れずにね」

先生に促されて、奏太くんと園田さんは外に出て行った。

だが、二十分も経たないうちに「いませんでした」と、戻って来た。やはり、簡単にみつかるものではないだろう。先生は園田さんに質問する。

「いつ、どういう状況でいなくなったの？」

「いなくなったのは、私が買い物に出たほんの小一時間ほどの間なんです。今日の夜は彼と家で食事することになっていて、ケーキを買いに行きました。駅の北口の方に、新しくできたパティスリーがとても評判がいいそうなので、店がオープンする一〇時に着くように家を出ました。それでも開店前から行列ができていて、十五分くらい並んで待っていました。そうしてケーキを買って、駅ビルのスーパーで買い物をして帰りました。すると、奥の部屋のベランダに通じる掃き出し窓が開いていて、ミルクの姿が見えなかったんです。私の部屋はマンションの一階だし、窓から専用庭伝いに外に出たんだと思うんです」

「窓を閉め忘れたの？」

「そうだと思います。私は閉めたつもりだったんですけど、忘れていたんですね。時々、そういうことをやっちゃうんです」

園田さんは照れたように頭を掻く。しっかりしているようだが、園田さんは意外と抜けたところもあるんだ、と私は思った。

「実は、買い物に行く時、ミルクは自分も連れて行けってさかんにアピールしていたんです。だけど、荷物もあるし、小さなケーキ屋の中に犬連れでは入れないので、置いて行くことにしたんです。それですねて、どこかに隠れたのかと思ったんですけど」

「犬がすねたりするの？」

「ええ。甘やかして育てたので、ちょっと女王様気質というか、気に入らないことがあるとすねたり、怒ったりするんです。前もそれで押し入れの中に隠れていたことがあって。……まるで、子どもみたいなんですよ」

園田さんは愛おしくてたまらない、という口調だ。

「だったら、ほとぼりが冷めたら、戻って来るってことはないかしら」

「だといいんですけど」

園田さんは、あまり期待していないというように首を振った。

「とにかく、早くみつけたいので、今日はしばらく捜してみます。彼も、あとから合流するって言ってるし」

「そう、じゃあ、人手は多い方がいいわね。奏太くん、つきあってあげられる？」

「うん、いいよ」

「あら、そんな、悪いです」

園田さんは遠慮する。

「でも、多い方がみつけやすいでしょ。それに」

先生がそう言ったところで、園田さんのスマホが鳴った。

「あ、彼だわ、ちょっとすみません」

そう言って、園田さんはいったん外に出て電話をした。それからすぐに戻って来た。

「いま、彼がうちのマンションに着いたそうです。持って来た食材を置いたら、天神橋のところで会うことにしました。そこなら、前に行ったことがあるので彼にもわかるから」

天神橋というのは、店から歩いて五分くらいのところにある橋だ。先生が尋ねる。

「彼はこの辺の地理に詳しくないのね？」

「ええ。彼が住んでいるのは隣の市なので、この辺はちょっと」

「だったら、奏太くんに彼を案内してもらえばいいわ。それで二手に分かれて捜したほうがいいでしょう？」

「ほんとにいいんですか？　奏太くん、お借りして」

「ええ、今日はうちでやることはないし、暗くなるまでの小一時間くらいのことだったら」

「そうですね。それまでには、奏太くんをお返しします」

そうして、園田さんは奏太くんを連れて、外に出て行った。

一時間ほどして、三人は店に戻って来た。園田さんとその彼が、奏太くんを店まで送り届けに来たのだ。

「散歩でよく行く公園や野川の方まで行ってみたけど、みつかりませんでした」

園田さんはひどく気落ちした様子だ。

「こんなことなら、買い物に行かなきゃよかった。お休みの日なのに散歩に連れて行ってくれないって、ミルクは不機嫌だったんです」

「僕が悪かった。あの店のケーキが食べたいなんて、言わなければよかったね」

園田さんの彼が申し訳なさそうに言う。園田さんも背が高いが、彼はさらにすらりと背が高い。並んで立つとバランスもよく、見るからにお似合いのカップルだ。

「もしかして、犬泥棒ってことはないでしょうか？　最近では家の中に入って犬をさらって行く泥棒がいるってニュースで観ました。窓が開いていたなら、そこから侵入して犬を連れて行くこともできたんじゃないでしょうか」

私が言うと、園田さんが首を振った。

「窓はマンションの専用庭に面しているの。うちのマンションはセキュリティが厳しくて、専用庭の方は部外者が簡単に入れないようになっている」

「じゃあ、玄関の鍵を開けて、誰かが部屋に入ったってことはないんですか？」

プロの窃盗団は、玄関の鍵を開けて犬を盗んで行く、とニュースでは伝えていた。

「うちのマンションの鍵は特殊だから、簡単に侵入できるものじゃないんです。それに、マンションの管理人さんに一応聞いてみたんです。私が留守にした一時間の間に、犬を連れて出て行った人がいないかって。マンションから出るには、必ず管理人室の前を通ることになっていますから。だけど、管理人さんはそういう人は見なかったそうです。あとで防犯ビデオも確認してもらいましたから間違いありません」

防犯ビデオまでチェックさせるとはさすがだ。動揺していても、園田さんはしっかりしている。

「それに、盗まれたっていうことは考えにくいです。ミルクはそういう犬じゃないし」

「どういうことですか？」

「盗まれるとしたら、もっと珍しい、ペットショップでも高額で売買される犬だと思う。チワワはありふれているし、年齢も七歳、人間で言えば中年の犬だから、盗んでまで欲しいと思われるような犬じゃないの」

「そうですか」

「だけど、私にとってはどんな犬にも代えがたい大事な家族。うちに来て七年、仕事やプライベートでつらい時も、あの仔の存在にどれほど慰められたことか」

　園田さんの声は震えている。泣きそうになるのをこらえているようだ。園田さんの肩を彼がそっと抱いた。無言の励ましだ。ちょっとうらやましい、と私は思う。

「いまこの瞬間にも、事故に遭っていないか、悪い人に虐待されていないかと考えると、胸が潰れそう」

「あの、警察には届けたんですか？」

　私は園田さんに尋ねてみた。

「警察？　犬の迷子も扱ってくれるんですか？」

「はい。犬も落とし物と同じ扱いになるそうです。だから、みつけた人が届けてくれるかもしれません。今頃届いているかもしれませんよ」

　以前、菜の花食堂の前に捨てられていた犬を、交番に届けたのは私だった。そうして預けられた犬の持ち主が現れない場合は保健所へと移される。

「そうなんですね。じゃあ、行ってみます。みなさん、ありがとうございました。奏太くん、手伝ってくれてありがとう。お礼はまた今度」

「いいよ、そんなこと」

その時、入口のカウベルが鳴った。お客さまかと思って私はそちらを向いた。中年の女性がそこにいた。すると、奏太くんが大声をあげた。

「おかあさん！」

そこには、痩せていて小柄だが、眉が濃く、意志的な顔立ちの女性が立っている。「おかあさん」と言われてみれば、なるほど奏太くんに目元や顔のラインがよく似ている。驚いている私に、女性が話し掛けてきた。

「はじめまして。奏太の母です。あの、靖子先生はどちらに？」

「私です」

後ろにいた靖子先生が言うと、奏太くんの母は嬉しそうに笑った。

「息子がたいへんお世話になっています。おかげさまで、最近はうちでもいろんな料理を作ってくれるようになって、とても助かっています。前からご挨拶に伺おうと思っていたのですが、遅くなりましてすみません」

靖子先生がそれに答えようとする前に、傍にいた園田さんが声をあげた。

「あなた、もしかして東中（ひがしちゅう）にいた菜穂（なほ）？」

奏太くんの母はびっくりして園田さんの顔をまじまじと見た。

「えっと……。まさかあなた、澪？」

「やっぱりー！　こんなところで会えるとは思わなかった」

「あなた、またこっちに越してきたの？」

「うん、七年前から市内のマンションに住んでいる。職場が新宿だから通勤に便利だし。土地勘あるし」

「そうだったんだ。私はずっと変わらず前と同じ家にいるよ」

ふたりはほかの人そっちのけで、話に夢中になっている。

「おかあさん、この人知ってるの？」

奏太くんに言われて、奏太の母はようやく周りのことに気がついたようだ。

「すみません、ふたりで盛り上がってしまって……。この人と私、中学の同級生だったんです。中二の時、彼女が立川に引っ越すまではずっと仲良しでした。こうして会えたのはそれ以来なんで、つい……」

「そうだったんですね。そういう偶然もあるんですね」

靖子先生が感心したように言う。

「はい、びっくりしました。私はこちらに挨拶に来ただけなんですけど、まさか昔の同級生に会えるなんて思わなかった」

「私も。奏太くんは、あなたのお子さん？」

「ええ。奏太のこと、知っていたんですか？」

「いえ、会ったのは今日が初めてだけど、犬を捜すのを手伝ってもらったの」

「犬？」

「私の飼い犬が逃げ出して、捜していたの」

「感動の対面のところ申し訳ないけど、警察行くなら早く行った方がいいんじゃない？　もう夕方だし」

園田さんの彼氏が促す。

「ああ、そうね。菜穂、いま立て込んでいるので、また連絡するわ。ＬＩＮＥ教えてくれない？」

そうしてＬＩＮＥの連絡先を交換すると、園田さんは彼と連れ立って帰って行った。

「ほんと、びっくりしました。まさか、中学時代の同級生に会えるなんて」

奏太くんのおかあさんは、まだ興奮冷めやらぬという顔をしている。

「おかあさんは子どもの頃からずっとここに住んでいるんですね」

靖子先生が聞く。

「はい。北口の方ですけど、生まれ育った実家にいまも住んでいます。母が昨年亡くなったので、一軒家を維持するのもたいへんですけど」

「じゃあ、ずっとおかあさまと一緒に住んでいらしたんですね」

先生はそれほど驚いた様子もなく言った。

「はい。私が働いているので、ずっと母が奏太の面倒を見ていてくれたんですけど、昨年クモ膜下出血で突然倒れて、そのまま……」

「それはご愁傷さまです」

先生は軽く頭を下げる。

「ほんとのとこ、母がいるから奏太を産んでみようと思ったんです。うちの母はいわゆる団塊の世代で、ちょっと変わっていました。結婚しないでもいいから、子どもだけは産みなさい、私が育ててあげるから、って言うような人だったんです。それで、ずっと母をあてにしてきたので、母が亡くなってからはたいへんでした。私は忙しいし、家事も得意じゃない。夜勤などもあって不規則なので、奏太に子ども食堂に行きなさいって言ってたんですけど、この子が嫌がるようになって。それで、どうしたものか、と思っていたら、こちらでいろいろお世話いただいて」

「お世話じゃないよ。僕がお手伝いしているんだよ」

奏太くんが不満そうに唇を尖らす。

「そんなこと……。この子ができることなんて知れているし、料理とか家事をやらせるのだって、手間が掛かると思います。おかげでうちでも奏太はちょっとした料理を作ってくれるし、風呂場を洗ったり、布団を干したり、自分でできる範囲のお手伝いをしてくれるようになりました。私としてもとても助かりますし、こちらでいろいろ教えてくださったおかげだと感謝しています」

奏太くんのおかあさんは頭を下げた。

「いえいえ、奏太くんの言う通り、奏太くんがお手伝いしてくれるおかげで、私も助かっているんですよ。それで覚えたことをちゃんと家で実行しているのは、奏太くん自身の意思ですから。母親思いのやさしいお子さんですね」

靖子先生の言葉を聞いて、奏太くんはちょっと得意そうに鼻の下を指でこすった。

「ありがとうございます」

奏太くんの母は、奏太くんを愛おしそうに眺めた。

「祖母が亡くなってからは特に私のことを気遣ってくれるようになりましたね。ほんと、ありがたいです」

そうして、ふたりも連れ立って帰って行った。ミルク失踪事件で張り詰めていた空気が、おかげでちょっと緩んだようだった。

「それにしても、びっくりしましたね。園田さんと奏太くんのおかあさんが同級生だったなんて」

「まあ、ずっとここの街に住んでいるなら、不思議ではないですよ」

「そうですね。私の田舎でも、結婚しても親の近くに住む人も多いですから」

「それにしても、園田さんの犬、みつかるといいわね」

香奈さんが言った。犬好きなので、やっぱり心配なのだ。私も大きくうなずく。

「きっと誰かがみつけて届けてくれますよ」

気休めではなく、先生はそうなることを願って言っているようだった。


翌日、カフェタイムに、村田さんがひとりで来ていた。村田さんはケーキとコーヒーを注文した。今日のメニューは旬のブルーベリーをたっぷり混ぜたベイクド・チーズケーキだ。ケーキの甘さを控えめにして、ブルーベリーの酸味を生かしている。

「毎年これを食べるのが楽しみなのよ。どうしたらこんなに上手く焼けるのかしらね」

村田さんは嬉しそうにケーキをほおばる。

「今日はシンプルなチーズケーキの予定だったんですけど、保田さんが今朝、とてもいいブルーベリーを届けてくださったので、急遽変更したんです」

ほかにお客さまはいなかったので、私は村田さんの会話に応じていた。といっても、村田さんの傍で立ったままで会話しているのだが。

「ほんと、ほっとする味ね。今朝は役所に何度も電話していたから、神経がイラついていて」

「何かあったんですか？」

私が尋ねると、村田さんは待ってましたとばかりに言う。

「聞いてくださいよ。昨日出した粗大ゴミが、今朝になって戻って来たんですよ」

「粗大ゴミが？」

「そう。昨日が回収日だったから、使わなくなったキャリーケースと掃除機を粗大ゴミに出そうと思って、車庫の端に置いておいたんですよ。いつもゴミはそこに置いておくんでね。それで外出して、お昼に戻って来たら無くなっていたので、ちゃんと持って行ってくれたんだな、と思ったの。だけど、今朝見たら、なんとそのキャリーケースが車庫に戻って来ているじゃありませんか」

「えーっ、そんなことってあるんですか？」

「それでね、役所に確認してもらったら、キャリーケースはなかったので回収しなかったって回収業者は言うんですよ。一緒に出した壊れた掃除機は運んでくれたんですけど」

「どういうことですか？　粗大ゴミを集めに来る前に誰かが持って行って、今日になったら返しに来たってこと？」

私が聞くと、村田さんはうなずいた。

「どうやらそういうことみたい。最初は回収業者がうちに来るのを忘れたのかと思ったけど、だったら掃除機だって置いてあるはずだし。役所の人の説明では、回収業者は予定していたキャリーケースがなかったのでうちのチャイムを鳴らしたんですって。だけど、誰も出なかったから、掃除機だけ回収したそうです。筋は通っているんで、回収業者の人の責任じゃないわね」

しゃべりながら、村田さんはチーズケーキの大きな塊を口に入れた。そして、満足そうに笑みを浮かべる。

「ほんと、おいしい。くさくさした時は、やっぱりスイーツがいちばんね」

「でしょう？　靖子先生のチーズケーキは最高ですよね」

そんな話をしていると、先生が店に入って来た。

「あら、村田さん、いらっしゃい」

「靖子先生、ちょうどいいところに来た。昨日ちょっとおかしなことがあったんですよ」

村田さんは、私に話したことをもう一度繰り返す。

「一日のうちに戻ってくるなんて、ヘンなこともあると思いません?」

「確かにそうねぇ」

「どうせ持って行くなら、そのまま返してこなければよかったのに。シールが剝がされていたから、もう一度シールを買いなおして、粗大ゴミの回収の連絡もしなきゃいけないのが面倒で。おまけに、よく見たら、裏のところに穴が開いているんですよ」

「あら、キャリーケースっていうのはプラスチックか金属じゃないんですか」

「いえ。布製なんです。それで、ナイフか何かで五センチくらい引き裂かれていたんですよ。まったく、何に使ったのか」

「それはひどいわね。返すんだったら、元のまま戻せばいいのに」

「そうなんですよ。いったいなんのためにこんなことをしたのか、訳がわからない。靖子先生なら、この謎がわかるかと思ったんですよ」

その時、カウベルが鳴ってお客が入って来た。平日なのに珍しい、キャリアウーマンの園田さんだ。

「あの、すみません。ちょっとお願いがあるんですけど」

園田さんは目の下に隈を作っている。一晩ですっかりやつれたようだ。

「なんでしょう?」

先生が尋ねた。

「これ、貼ってもらえませんか?」

園田さんが先生に渡した紙を、後ろから覗き込む。それは、『迷子の犬、捜しています』というチラシだった。ミルクの写真が大きく引き伸ばされている。連絡先の電話番号も書かれていた。

「もちろん大丈夫ですけど、まだみつからないのね」

「はい。心配で、今日は仕事を休んでしまいました。それで、うちの周辺を何度も捜したんですが、みつかりません。こういうもので効果があるかわかりませんが、できるだけやってみようと思って」

「SNSでも情報を拡散されたんですか?」

私が聞くと、園田さんはうなずいた。

「犬の散歩仲間にも協力してもらって、情報を拡散していますが、まだこれといった連絡はありません」

「園田さんのおたくはどこだっけ?」

村田さんが尋ねる。そういえば、私も園田さんの自宅の場所は知らなかった。

「中町の集会所の前のマンションです」

「あら、うちのすぐ近くだわ。うちは同じ通りの三軒隣り」

「そうだったんですね」

うつろな表情の園田さんは、その偶然にもさして興味を示さない。

「そのチラシ、少しもらえる? うちの近所の人にも聞いてみるから」

「ありがとうございます」

そうして、何枚かのチラシを手渡すと、園田さんは帰って行った。

「なんだかいつものパワーがないわね。よほど犬をかわいがっていたのね」

村田さんが園田さんの寂しそうな背中を見ながら言う。先生もうなずきながら言う。

「そうね。だけど、この辺にはもういないかもしれないわね」

「どういうことですか?」

私は思わず尋ねた。

「これは単なる勘なんだけどね」

先生は根拠がないからというように笑うが、先生の勘はたいていい当たっている。

「ところで、手っ取り早く犬を処分する時ってどうするんでしょうか。保健所に預けるほかに、どんなやり方があるか、知っている？」

先生の質問に、村田さんが答える。

「よくあるのは、保護団体に引き渡すという方法。子どもにアレルギーが出たからとか、飼い主が病気になったみたいなまともな理由の場合だけじゃなく、飽きたとか、旅行に行くからなんて理由で連れて来る人もいるそうよ」

「そういう場合でも引き取るの？」

「たいていはね。だけど、そういう無責任な人は、もっとお手軽にできる方法で手放したりするみたい」

「お手軽な方法って？」

「ネットの伝言板みたいなの。地域密着型のなんとかサービス、なんて言ったっけ」

「クラシファイドサービスですね」

私が横から説明する。

「それかな？　まあとにかく住んでいる地区ごとに、いらないもの譲りますという、ネットの伝言板サービスがあるのよ。そこで、犬や猫を譲りますという告知も出るんだって。保護団体に預けようとすると理由を詳しく説明しなきゃいけないし、いろいろと手続きが面倒だから、伝言板の方を利用する人も少なくないみたいよ。そっちの方が規則もゆるやかだし、基本は自己責任だからね」

「村田さん、よく知ってますね」

感心して私が言うと、村田さんは照れたように弁解する。

「ほら、この前お会いした相模さん、保護犬ボランティアをしている方からの受け売りだけどね」

その人のことは私も覚えている。以前、うちの店の前に捨てられていた犬のことで、お世話になったのだ。

「なるほど。じゃあ、そこに出ているかもしれないわね」

先生が意味深なことを言う。いつものように、何か閃いたのだろうか。

「えっ、園田さんの犬のことですか？」

「ええ。絶対そうだとは言い切れないけど、可能性はある」

先生がそう言うからには、何かを摑んだのだろう。

「優希さんにネットで調べてほしいんだけど」

先生は私の方を見た。先生はネット関係全般弱いので、何かある時は私に頼んでくるのだ。そんなふうに頼られるのは、ちょっと嬉しい。自分も役に立ってる気がするのだ。

「もちろんいいですよ。うちの市民向けの伝言板をチェックしてみましょうか？」

「それもいいけど……ちょっと違うかもしれない」

そうして先生はある地域の名前を言った。

「これでいいでしょうか？」

私は何度目かの確認をした。私は伊達メガネを掛け、帽子を被っている。レストランで働いている時とは別人のように見えるはずだ。

「大丈夫だと思う。そろそろ来ると思うから、私たちは離れているわね」

先生と園田さんは、そうして少し離れたベンチに向かった。ふたりともかつらを被って変装している。注意して見ないと、誰なのかはわからないはずだ。私は公園の入口のすぐ傍にあるベンチに座った。

目の前で、三歳くらいの子どもとお父さんがボール遊びをしている。その先では、女の子たちがバドミントンに興じている。のどかな日曜日の公園風景だ。ベンチは木陰で、気持ちよい風が通り抜けていく。

私は膝の上に犬の雑誌を持っている。表紙を外に向けて見えるようにしている。それが目印なのだ。待ち合わせの時間まであと十分。私はドキドキしている。

その時LINEの着信があった。

『大丈夫？』

川島悟朗さんからだ。川島さんは、なんと言ったらいいのだろう？　私のバイトの雇い主であり、大事な友人……かな？　彼氏とまではまだいかないけど、お互い好意を持っている、と私は思っている。

「うん、もうすぐ現れると思うから、緊張している」

この件を話したら、川島さんは心配して、最初は自分も一緒に行くと言ったのだが、『あまり大勢でいると、相手が警戒するかもしれない』と先生に言われて、あきらめたのだ。

『何かあったら、すぐに大声を出すんだよ。暴れて、巻き込まれたらたいへんだから』

「ありがとう。気をつける」

すると、頑張れ！　というスタンプが送られてきた。私も頑張る！　というスタンプを返した。

たったこれだけのことなのに、嬉しくて、なんだかふわふわした気持ちになる。顔もちょっと緩んできただろう。すると、視界が暗くなった。目の前に男性が立っている。男性はリードに繋いだ犬を連れていた。

「あなたが、マロンさん？」

男性が尋ねた。私の名前はまだ教えていない。相手も同じだ。まだ譲ることが決まったわけではないので、お互い個人情報は伏せている。

犬の譲渡に私は応募したことになっている。そして、今日はその犬とのお見合い、そこで気に入ったら、犬を私が引き取るということになっているのだ。

「はい、セナさんですね？」

私は男性が連れていた犬を見る。真っ白で背中に少し茶色が入ったチワワだ。尻尾は怯(おび)えたようにくるんと股の間に入っている。

「かわいい。抱いてもいいですか？」

「どうぞ」

私が抱くと、犬はおとなしくされるがままになっている。だけど、落ち着かない様子できょろきょろしている。

「名前はなんていうんですか？」

「……ベルです」

「かわいい名前ですね。ベル、ベルちゃん」

私が呼びかけても無反応だ。怯えたようにじっとしている。

「緊張しているんだと思います」

男は言い訳するように説明する。犬を抱いた手に、温かさと小刻みな震えが伝わってくる。

かわいそうに。この仔はひどく怯えているんだ。そう気がついたら、私はもうそれ以上お芝居が続けられなかった。

「そうですね。もしかして、違う呼び方だと反応したりしないかしら?」

「違う呼び方?」

「たとえば、そう、ミルク!」

私が呼びかけると、犬の耳がぴんと立った。男は驚きで目を見張る。

「ミルク!」

二度目に呼びかけたのは、私ではない。いつの間にか近寄って来た園田さんだ。犬はハッとしたように声のした方を向き、相手を確認すると、私の腕からするりと抜けて地面に飛び降りた。そうして、声の主の方に一目散に走って行く。死に物狂いのスピードで。

短い脚を懸命に動かして、相手のところにようやくたどり着くと、その足に飛びついた。

「なんできみが……」

男は驚いた顔で立ち尽くしている。男は園田さんのフィアンセだ。園田さんの家からミルクを連れ去ったのは、彼だったのである。

園田さんは両手を伸ばして犬を拾い上げ、ぎゅっと抱きしめた。そして、「ごめんね、ごめんね」と繰り返す。犬は興奮した様子でワンワン、と吠えた。その尻尾はちぎれんばかりに振られている。

「よかった、ほんとによかった」

園田さんは涙ぐんでいる。

男は何か言わなきゃと思ったのか、おどおどと「あの、これはその」と言いかけた。園田さんは左手にしっかりミルクを抱き、キッと男を睨みつけた。そうして右手で男の頬を思いっきり叩いた。パチン、と大きな音がした。

あんな叩き方をしたら、園田さん自身の手もきっと痛むに違いない。だけど、園田さんはそれにかまうことなく、両手で愛おしそうにミルクを抱きしめた。

男は叩かれた頬を押さえて茫然としている。それは、突然罪を暴かれた驚きなのか、頬を叩かれた痛みのためなのか、わからない。

園田さんは再び男をキッと睨んで言い放つ。

「うちの鍵を返して」

その剣幕に押されたのか、男はポケットからキーホルダーを出し、そこから一本の鍵を外して園田さんに渡した。

「もう二度とうちに来ないで。連絡もしないでちょうだい！」

言い訳は聞かない、というように園田さんはぴしゃりと言ってのけた。

「これで全部おしまいってこと？」

「当然よ」

「式場だって予約していたのに」

男は未練がましく言う。

「あなた、自分が何をやったかわかっているの？」

園田さんの声は怒気をはらんでいる。

「申し訳なかった。だけど、これには理由があるんだ。話を聞いてくれないか？」

「どんな理由があっても、嘘を吐いたこと、盗みを働いたこと、何よりミルクを酷い目に遭わせたという事実は変えられない。そういう人といっしょに暮らすことはできない」

「待ってくれ、酷い目になんて遭わせていない。ペットホテルに預けていたから、ちゃんと世話はしてもらっていたはずだ。その犬を傷つけようと思ったわけじゃないんだ」

　男の言葉を、園田さんはまるで聞こえないように無視をした。そして、「怖かったね。ちゃんとご飯は食べていた？」と、ミルクに話し掛けている。

「その仔が嫌いなわけじゃない。だけど、俺は犬と一緒に暮らすことはできないんだ。俺はその……」

　男の言葉を遮って、園田さんはきっぱりと言う。

「ミルクと一緒に暮らせない人とは、私は一緒に暮らせない」

「そんなに犬が大事なのか？」

「大事よ。この仔は私がつらい時も悲しい時も、ずっと寄り添ってくれた。この仔の代わりには誰もなれない」

「犬より人間が大事じゃないのか？」

「こころの通わない人間より、この仔の方がはるかに大事よ。たとえ死ぬまでひとりで暮らすことになったとしても」

園田さんは迷いなく言い切った。

男はミルクを抱く園田さんをしばらく眺めていたが、あきらめたように大きく溜息を吐いた。そして、その場からゆっくり立ち去った。

男がいなくなると、園田さんは後ろにいた靖子先生に話し掛ける。

「ほんとうにありがとうございました。優希さんも。おかげでミルクが無事にみつかって、ほっとしています」

「ほんと、何よりだわ。それに、ほかの人のところにもらわれていなくて、よかったわね」

先生はのんびりした声で答える。

「はい。だけど、どうして先生はあの男が連れ去ったってわかったんですか？」

「んー。そうね。きっかけは村田さんのキャリーケースね」

「村田さんのキャリーケース？」

園田さんが不思議そうに聞き返す。

「村田さんが粗大ゴミに出そうとしていたのに、犬と同じ日に盗まれて、同じ日のうちに戻された。村田さんは、翌朝戻って来たと言ってたけど、おそらく数時間後には車庫にあったはずよ。それを何に使ったのかと考えたら、やっぱり人に見られたくないものを運んだんじゃないかと思ったの」

「村田さんのキャリーケースでミルクを運んだってことですか？」

「ええ。ケースの裏側が破れていたというから、空気穴を開けたんでしょうね。それに、昨日村田さんに確認してもらったら、キャリーケースの中に犬の毛が何本か落ちていたそうよ」

「じゃあ、間違いないですね」

「これは計画的な犯行ね。あなたに人気店のケーキをリクエストして、朝からあなたを外出させるように仕向ける。その間に、家に入って犬を連れ去る。鍵も持っているわけだから入るのは簡単だし、掃き出し窓を開けておけば、犬が脱走したように見せられる」

「でも、村田さんのキャリーケースのことは知らなかったんじゃないでしょうか？」

私は疑問をぶつけた。あの男が、村田さんが何を粗大ゴミに出すかを事前に摑んでいたとは思えない。

「キャリーケースについては、村田さんの家の前を通りかかった時にみつけて、咄嗟に利用することを思いついたのだと思う」

「どうしてですか？　人の家からそんな大きなものを持ち出すのはリスクがあるんじ

ゃないですか？」

「あの男は犬を飼ってないでしょう？　だから、犬を連れ出すにはリードが必要だってことを失念していたんじゃないかと思う」

「ああ、そういうことですか」

「かといって園田さんの家にあるリードを持って行く訳にはいかないでしょう？　そんなことすれば、ミルクが勝手に逃げ出したのではない、とわかってしまうし」

「確かに」

園田さんも大きくうなずいている。

「それに、キャリーケースで運ぶのはもうひとつメリットがあったの。犬を連れて出て行ったことを誰にも知られずにすむでしょう？　おかげでマンションの管理人も、犬連れの人は見なかった、と証言したわけだし」

「なるほど、そういうことなんですね」

言われてみれば単純な話だ。だけど、まさか園田さんのフィアンセがそんなことをするわけがないと思っていたので、思いつかなかった。

「園田さんのおたくに合鍵で入り、ミルクをキャリーケースに入れてマンションを後にした。それで、ミルクをそのままペットホテルに預けたんでしょうね。おそらく、犬とは少しでも早く離れたかったでしょうから。それからまた園田さんの家に引き返したんだけど、その時、いらなくなったキャリーケースを、律儀に村田さんのおたくに戻しておいたのだと思います」

「なんでそんなことをしてまで、ミルクを連れ去ろうとしたんでしょう」

園田さんの問いに、先生は答える。

「彼、おそらく犬アレルギーだと思う」

「犬アレルギー?」

「食べ物のアレルギーがある人には、犬アレルギーも出やすいのよ。それに、うちの店に来た時も、あの人は犬を触るたびにお手拭きで手を何度もぬぐっていたし。なんとなく不自然だったので、そうじゃないかな、とぼんやり思っていたの」

犬に触ったら手を拭くというのは当たり前の行為だ。おそらく給仕していた私も見ていたと思うが、気づかなかった。きっと先生は男が料理を残したので、それがどうしてなのか、じっと見ていたのだろう。

「そうだったんですね。まるで気づかなかった。なんでそれを言わなかったのかしら」

「だってあなた、婚活の条件に『犬が好きな人』って挙げていたんでしょう?　だからよ」

「え、だったら嘘なんか吐かないで、最初から犬好きを条件に挙げていない人を選べばよかったのに」

園田さんの答えに、靖子先生は微笑みを浮かべた。

「あのね、婚活でフリーランスのカメラマン、おまけに年齢は四十歳くらい。そういう男性は、条件としてはとても不利だと思うのよ。園田さんのように、フリーだからいいという人は少ないと思う」

「そうなんだ」

「一方で、彼にとって園田さんは理想的な相手。大企業にお勤めして、安定した収入がある。仕事を続けるから、相手が稼いでも稼がなくても気にしない。家事も一緒にやるし、フリーのカメラマンを続けていくことを応援してくれる。そんな女性は滅多にいないわ」

「そういうものですか」

園田さんは小首を傾げた。自分に自信がある人なだけに、自分の基準が当たり前だと思っているのだろう。

「そういうものよ。これが男女逆だとしても、滅多にない良い条件じゃないかしら。だから、彼はあなたを逃したくなかったのね。だけど、あなたはミルクを大事にしているから、結婚したら犬と一緒に暮らさなければいけない。アレルギー持ちなのでそれは耐え難い、と思ったのでしょう」

「それで、ミルクを盗んだのね。なんて身勝手な」

「まあ、それでも犬を傷つけなかったのはよかったわ。犬を処分した方が足はつかなかったと思うけど、そこまで悪い人間にはなれなかったんでしょうね」

確かにその通りだ。犬の命を奪うことだってできたし、そこまでしなくても、遠いところに連れ去って置き去りにしても証拠は残らなかっただろう。男が言うようにペットホテルに預けていたとしたら、かなり良心的な誘拐犯だと言えるかもしれない。

「それに、ほかの人に譲る前でよかった。そうなったら、いろいろと面倒なことになったでしょうから。それにしても、よくミルクをみつけたわね」

「片っ端からネットの犬譲渡のサイトをチェックしましたから」

園田さんはなんてことない、というようにさらりと言った。実際のところ、園田さんはあらゆる保護団体のＳＮＳや、犬猫譲渡のサイトをチェックしていたのだ。しかも、新しい情報が出るかもしれない、と数時間置きに同じところを見に行っていた。

結局、靖子先生が言っていたように、隣りの市のクラシファイドサービスにその告知が載っていた。すぐに気づいた園田さんが匿名で接触を図ったので、事なきを得た。

結局は園田さんの執念が、ミルクを取り戻したのだ。

「だけど、これでよかったのかもしれないわね。ミルクのことがなかったとしても、何かの折に、男の本性が出るかもしれない。うまくいかないことがあったら、嘘を吐いても盗みを働いても勝手に物事を進めようとする。そういう男と結婚したら、園田さんは後々後悔したかもしれないわ」

「ええ。人としてやってはいけないことを平気で犯す。そういう人間だったってことを、ミルクが教えてくれたんだと思います」

ミルクは自分の名前が呼ばれたことに気がついて、小首を傾げ、つぶらな瞳でじっと園田さんの目をみつめた。

「ごめんね、ミルク。私に見る目がなかった。怖い思いさせたね。もう二度とこんなことはしないからね」

園田さんはミルクの顔に自分の頬を寄せた。ミルクはその顔をぺろぺろ舐めていた。その様子は、寂しかったよ、怖かったよ、と無言で訴えているようだった。

大根は試さない

「だから、男なんて最初っからあてにしない方がいいのよ」

そう言って、菜穂子さんはグラスのワインをぐっと飲み干した。菜穂子さんは奏太くんの母親だ。

「あてにしていたわけじゃなく、ちょっと生活変えたかったのよね。仕事も安定しているし、これといって不満もないけど、代わり映えしない毎日にちょっと飽きがきたというか」

そう答えるのは園田さんだ。久しぶりに再会したふたりは、うちのお店、菜の花食堂で旧交を温めている。奏太くんは友人の家に泊まりに行ったそうだし、今日のディナータイムにはほかの予約もない。ふたりだけの貸し切り状態だ。それで、ふたりは大いに食べ、大いに飲み、いい気持ちになって言いたい放題言っている。

「あの男は、ちょっとよかったのよ。仕事柄いろんな国に行ってるし、パリにも三年住んでいたことがあるんだって。だから私の知らないことをいろいろ教えてくれるし、話し相手としてはなかなか楽しかった」

「だったら、ただの話し相手にしておけばよかったのよ。わざわざ結婚する必要なんてないでしょ」

そう言いながら、奏太くんの母、菜穂子さんは仔牛ときのこのテリーヌに手を伸ばす。

「これおいしい」

一口食べて、菜穂子さんが感嘆する。「どれどれ」と、園田さんも手を伸ばす。フォークで大きな一切れを切り取り、口に運ぶ。そして、「うーん」と言いながら嬉しそうに目を細めた。

「さすがプロの味ね。なかなか素人にはこれだけのものは作れないわ」

「あら、あなたテリーヌなんて作るの？」

「まさか。だけど、一度あの男が作ってくれたことがあるの。素人にしては上出来だった」

園田さんは別れた婚約者のことを「あの男」と言う。名前も呼びたくないらしい。

「へえ、料理が趣味の男だったんだ」

「うん、それもポイント高かったんだ」

「確かに。料理できる男っていいよね。だけど、料理ができても毎日のおさんどんをしてくれるかというと、また別の問題よ。そういうことは、結婚してみないとわからない。結婚すると、男は豹変したりするからね。自分は作らないくせに食事の内容に文句をつけたり、子どもができても自分の生活はまったく変えない男も多いからね」

菜穂子さんの言い方にはトゲがある。それを察知したのか、園田さんが聞き返した。

「菜穂、結婚したことがあるの？　あ、奏太くんがいるから当たり前か」

「いえ、結婚していたのは学生時代。お互い若すぎてわがままが出て、一年もたなかった」

「そう。じゃあ、二回結婚したの？」

「ううん。奏太の父親とは結婚しなかった」

「えっ、シングルのまま子どもを産んだってこと？」

「そう。子どもは欲しかったけど、結婚はしたくなかったから、しなくてもいい相手と寝た」

「どういうこと？」

「家庭持ち」

「えーっ、つまり子どもを作るためだけに、寝たってこと？」

「まあね」

菜穂子さんはいたずらっぽい笑みを浮かべた。

「それで、父親の方はそれを知ってるの？」

「もちろん。だけど、子どもができた、と言ったとたん、逃げて行ったわ。以来一度も会っていないし、会う気もない」

そういうことだったのか、と私は思った。うちに出入りしていたあの怪しげな男、しきりと奏太くんに近づきたがったのは、たぶん自分が生物学上の父親だからなのだろう。

だけど、これまでまったく奏太くんに関わってこなかった人が、父親だと名乗る資格はあるのだろうか。たぶん、先生もそう思ったから、きつい言葉で追い払ったのだろう。

「菜穂、強いね」

できるキャリアウーマン、まさに強い女に見える園田さんが感心している。

「そうかな？　まあ、私には母がいたからね。うちは母がちょっと変わった人で、いわゆる団塊の世代、学生運動が盛んだった時代に青春送っていた人なの。その当時はリベラルな男女関係を模索したりする人もいて、契約結婚をする人たちもいたそうよ」

「契約結婚ってどういうこと？」

話をそれとなく聞きながら、私は空っぽになったテリーヌの皿を下げた。そして、汚れた取り皿を新しいお皿と取り替える。

契約結婚、私も知らない言葉だ。

「あらかじめ三年とか期間を決めて結婚して、うまくいかないと思ったら、婚姻関係を解消したんだって。うまくいっても、一年ごとに契約更新したんだそうよ」

「へえー、そんな時代があったんだ。ちょっと考えられないなあ」

横で聞いていた私も、顔には出さないが驚いていた。たぶん園田さんたちの親はうちの母より一回りくらい上の世代のはずだけど、うちの母より進歩的だ。うちの母は、やっぱり女性は結婚した方が幸せ、と思っている人だから。

「もちろんリベラルな人たちに限ったことだけどね。契約結婚を扱った小説なんていうのもあって、ベストセラーになったそうよ。うちの母も契約結婚を三年で解消した人だったの。教師だったから経済力はあったのね。それで、昔から『結婚しなくてもいいから、子どもだけは産みなさい。私が育ててあげるから』って言ってたのよ。教師になったくらいだから、母は子ども好きだったし」

「はあ、そうだったんだ。菜穂のおかあさん、すごく進歩的だったんだねー。ちっとも知らなかった。見かけはふつうのおかあさんだったのにねえ」

「実際、子どもを産んだのはよかった。奏太と親子になれて、ほんとうによかったと思う。あの子の父親の無責任さには腹が立つけど、おかげで奏太を授かったのだから、恨んではいないわ」

「そうかー。結婚しないで子どもだけ作るっていう手もあったのか」

「経済力があるなら、そっちの方がいいよ。結婚しても女性にはデメリットの方が多いし。名前を変えなきゃいけないし、いろいろな家事育児の負担も女の方に掛かってくるし。最近じゃ、介護のこともあるからね。病院でいろんなケースを見ているけど、ちゃんと親の面倒をみようとするのは圧倒的に女性。男はほとんど役に立たない」

「んー、だけどいまは男性も意識が変わってきているんじゃないの？」

「本人がよくても、周りがそうとは限らない。相手の親とか小姑とかが同じ考えとは限らないからね。私も最初の結婚でこりごりしたの。九州の旧家だったからいろいろと面倒で。女性蔑視もキツかったし」

「そうかー。親戚づきあいは確かにめんどくさいだろうね」

「舅とのつきあいも面倒だけど、姑はもっと面倒。私の姑だった人は、何かと私と張り合いたがったし、私が働くのにも反対だったし。嫁が自分の思いどおりにならないと怒るってことが、私には信じられなかった」

「相手の母親がどんな人かを確認してから恋愛するわけじゃないものね。ほかの人にはやさしくても、嫁にだけはつらくあたる人もいるから、博打みたいなものかも。だから結婚なんてしないで、同棲で十分だと思う。ねえ、若い人？」

いきなり園田さんは私に話を振った。

「えっ、私ですか？」

「いまの人は結婚よりも同棲の方がいいんじゃない？　それとも、結婚したい？」

そう聞かれて、言葉に詰まった。私は同棲は経験がない。

「そうですねー。そういう人も増えているかもしれません」

私は笑ってごまかそうとしたが、そうはいかなかった。

「あなたはどうなの？　結婚願望はあるの？　誰か、そういう相手はいるの？」

酔っぱらった園田さんが私の腕を掴んで尋ねた。菜穂子さんが注意する。

「ダメよ、澪、そういうのもセクハラよ。プライベートのことなんだから、聞いちゃダメよ」

「ああ、そうね。ごめんなさい。でも、若い人に聞きたい。結婚するメリットって何があるのかしら？　同棲で十分じゃない？」

そう聞かれて、私は躊躇する。

「そうですねえ。やっぱり子どもを育てるなら、ひとりよりふたりが何かと便利だと思います。ふたりいれば、助け合えるし」

「やっぱり子どものことよね。父親がいないと差別する人もいるから、シングルマザーは面倒といえば面倒。ほかに何かある？」

「そうですね、結婚すると親は安心すると思います。同棲してると言ったら、いい顔をしないだろうし、なんで結婚しないかと責められそう」

園田さんに聞かれてぱっと思いついたのは、親のことだった。いまでも、定職についていないと心配し、早く結婚しろとうるさいのだ。田舎の人だし、同棲なんてもってのほかだ。一人暮らしを始める時にも、それは重々言われた。

「それはわかる。うちの親だって、同棲すると言ったら反対しそう。四十にもなろうという娘が何をしようとほっといてほしいんだけどねえ」

「結局、多くの場合、結婚は世間体とか親戚のためにするんだよね。わざわざ籍を入れる必要ってあるのかな。どちらかが名前を変えなきゃいけないし、それまで関係なかった親戚とつきあわなきゃいけないし、結婚って面倒だと思う」

「そうねえ。それもおもしろいかと思ってたけど、考えたら面倒よね。銀行から何から、全部名前の変更届けを出さなきゃいけないし、夫婦間でも、選んだ苗字の方がエライみたいな暗黙の力関係ができる気がするし」

「そう、だから勢いのある若いうちにやっとかないと。あなたも、結婚するならいまのうちよ」

菜穂子さんに言われて、私はなんと答えたらよいかわからず、あいまいな笑みを浮かべた。

するとキッチンの奥から声がした。

「優希さん、これ運んでちょうだい」

靖子先生に呼ばれてカウンターのところに取りに行った。メインのラムローストがつけあわせの野菜と形よく盛られている。

手渡す時に、そっと靖子先生がささやいた。

「お客さまは酔っぱらってらっしゃるから、適当にあしらってね」

「わかりました」

そう返事をしたものの、園田さんたちの会話は頭に残った。

結婚について、あまり深く考えたことがなかった。なんとなく、大学出てしばらくしたら、結婚するのだろう、と昔は思っていた。そういう相手もいないわけではなかった。結婚否定論者でもなければ、同棲が悪いとも思わない。周りにも同棲している友だちは何人かいる。自分はチャンスがなかっただけだ。

料理をテーブルに運ぶ。

「わあ、素敵！」

「おいしそう！」

ふたりは歓声を上げ、さっそく料理に手を伸ばした。口の周りを脂でべとべとさせながら、幸せそうに肉をほおばるふたり。それを見ながら、私はキッチンの方に戻って行く。

同棲か、結婚か。

そもそも、そんなことを考える相手がいるわけではない。

それを考えた瞬間、ドキッとした。

川島さんのことが頭に浮かぶ。

川島さんとつきあいたい、という気持ちはある。だけど、このままでもいい、という気持ちもある。しばらく誰かとおつきあいする、ということがなかったので、なんとなく億劫(おっくう)な気持ちなのだ。前の彼はおしゃれを気にする人だったので、私もちょっと無理しておしゃれしたり、彼の好みの髪型にしたりしていた。

前の彼と別れた時に、肩まであった髪をばっさり切った。友だちには「失恋で髪を切るなんて、昭和の女子みたい」と言われたが、なんとなくさっぱりしたかったのだ。その髪型は楽だし、自分でも似合うと思うので、すっかり定着した。着ているものもそれに合わせて、ナチュラルなリネンのトップスやTシャツに綿パンみたいな、楽で活動的なものばかり着ている。それにエプロンを着ければ、仕事着になる。

　そう言えば、川島さんとはいつもこんな格好で会っているんだな。

だから、楽なのかもしれない。

川島さんの方も、着るものにはそれほど頓着していない。たいていはデニムにシャツ、仕事の時にはその上にジャケットを羽織る。編集という仕事柄、服装は自由だそうで、背広を着ているのは管理職くらいらしい。

きっと自然体でいられるから、川島さんがいいんだろうな。だけど、つきあったらどうだろうか。関係性が変わってくるんじゃないだろうか。

「そろそろデザートの準備ね。ドリンクは珈琲のホットでよかったわね」

先生に聞かれて、私は我に返った。

「はい、それでミルクは牛乳にしてほしい、と言われました。クリームは好きじゃないそうなので」

　ふたりは好みがはっきりしていて、細かいことにもこだわりがある。うちのような食堂で、ドリンクのミルクを指定されることは滅多にない。

「じゃあ、そちらの用意お願いね」

「わかりました」

私は棚から大きめのミルクピッチャーを出した。仕事に集中して、もやもやした気持ちをふっきろうとした。園田さんたちの会話を忘れたかった。

だが、園田さんたちが帰宅した後、片付けをしている時にふいにその話が持ち出された。

「奏太くんのおかあさん、すごいですね。リベラルというか、ちょっと私には考えられない」

そう言ったのは、香奈さんだ。ふたりの会話はキッチンの奥まで響いていたようだ。

「そうだね。おかあさんだけじゃなくて、おばあさんもすごい。契約結婚なんて、考えられない。先生の若い頃にも、契約結婚ってあったんですか？」

私は靖子先生に尋ねた。

「いえ、私たちの世代よりひと回りくらい上の世代じゃないかしら。私たちの頃はむしろ保守的だったかもしれない。女性は年頃になったら結婚するのが当たり前。クリスマスケーキなんて言葉もあったくらい」

「どういうことですか？」

「クリスマスケーキって、十二月二十四日が売り上げのピークで、二十五日はもう下火で、夜には叩き売りでしょ。それと同じで、女性の結婚適齢期は二十四歳までってという社会通念があったの。だから、なんとか二十四歳のうちに結婚しようとする人が多かった」

「ええっ、二十四歳なんて若すぎるくらいじゃないですか。それに、何歳で結婚しようと、他人にあれこれ言われる筋合いはないのに」

「ほんとうにね。それを過ぎて独身だと、売れ残りとかオールドミスって言われたの」

「オールドミス！　酷い言い方ですね」

私はびっくりした。結婚していないというだけで、そんな言われ方をするんだ。

「昭和って、女性蔑視はいま以上に強かったからね。セクハラって概念もなかったし。だけど、男性も三十過ぎで独身だと、女性以上に風当たりはきつかった。何か病気でもあるんじゃないか、と噂されたりしてね。それくらい、結婚するのが当たり前、とくに女性は結婚して家に入り子育てすべき、という同調圧力が強い社会だった」

「そういう社会は、ちょっと息苦しいかも」

「ほんとそうよ。ＬＧＢＴＱの人たちなんて、存在すら認められないような社会だったし。昭和はよかったなんて言う人がいるけど、私はそう思わない。何の疑問もなく結婚して、家庭に入ることがしあわせだと思える人はいいけど、そうでない人に対する不寛容さはほんとに酷かった」

そういえば靖子先生は国際結婚をしているし、離婚も経験している。そういう社会の中では、浮いた存在だっただろう。

「じゃあ、私たちも昔ならオールドミスって言われていたのね。二十七歳でも結婚していないなんて」

香奈さんが言うと、先生が首を横に振る。

「当時生きていたら、香奈さんも二十四歳までに結婚しようと思ったかもしれませんよ。お相手もいることだし、周りがそれを勧めるから」

「ああ、そうですね。いまでも『三十歳までには結婚しなさい』って、母は言ってますから。こだわる人は年齢にこだわりますね」

「それで、香奈さんはいまの彼と結婚するの？」

私は聞いてみた。

「ええ、そのつもり。だけど、もう少し私が料理人として一人前になってから、と彼には言っている。だったら、いっしょに住むだけでも、と言われるんだけど、親は反対するだろうし、いまのように仕事に集中することができないんじゃないかと思って、躊躇している」

「そうなんだ」

なんとなく、ショックだった。同じ職場で働いて、同じような状況だと思っていたのに、香奈さんの方が先を進んでいる感じがする。

「ところで、優希さんの方はどうなの？　彼とうまくいってる？」

「えっ、まあ。明日、また一緒に料理を作ることになっている」

「そう。相変わらず料理を作るだけなの？」

「んー、料理の後、食事しながらしゃべったり、映画観たりする」

一緒に料理をして、それをふたりでおしゃべりしながら、食べたり飲んだりする。その後、ふたりで片付けをして、一緒に映画を観たりする。それはとっても楽しくて、私にとっては大事な時間だ。

それに、川島さんと会うのは仕事の延長だから、そこにプライベートな関係を持ち込むのは、なんとなく抵抗がある。

「そうなんだ」

香奈さんはちょっと残念そうな声を出した。進展が遅い、と思っているのだろう。でも、香奈さんがそれ以上何も言わなかったので、私はほっとした。

翌日、私は川島さんの家に出掛けた。川島さんの実家から送ってくる野菜を、川島さんと一緒に料理するのだ。最初は私がバイトで全部作っていたけど、川島さん自身も作れるようになりたいということで、いまは私が教えながらふたりで作っている。

「今月は、夏野菜がいろいろ入ってるんだ。枝豆もあったよね」

前日のうちに、届いた野菜のリストを川島さんから教えてもらっていた。川島さんのおかあさんが、荷物を作る時にメモも一緒に入れてくれるのだ。それで野菜を教えてもらい、何を作るかあらかじめ私が考えておく。作り方も、ネットや料理本、時には靖子先生に教えてもらったりして、確認しておくのだ。靖子先生の弟子と自認しているが、私は香奈さんほど上手くはない。レシピを見ず、舌だけで味が決められるほど味覚が鋭いわけでもない。なので、下準備はおこたらない。

「枝豆も料理します？」

一応、枝豆を使った料理もいくつか考えてはいた。

「いや、ふつうに塩茹でするのがいちばんですよ。今日は、終わったら枝豆でビールですね」

「そう言うんじゃないか、と思っていました」

私は思わず笑顔になった。川島さんは、あまり凝った料理を好まない。枝豆を何かに混ぜたりせず、枝豆そのものを味わうのを好むのだろう、ということを予想していた。

「ビールは昨日買い足しておきました。それにワインも。佐藤酒店にサドヤのワインが入っていたから買っておいた」

「わー、それは楽しみ」

川島さんはビール派だが、私がワインを好きだと知って、ワインも用意してくれる。

「ワインに合う料理も作りましょうね。さて、野菜を出しましょうか」

私は野菜の入っているダンボールを開けた。開けたとたん、野菜と土の匂いが混じったような香りが立ち込める。

枝豆、きゅうりとトマト、茄子、トウモロコシ、エシャロット、ゴボウ、チンゲン菜。

「あれ、エシャロットがない？」

私は、薄い茶色の皮に包まれた、小さな玉ねぎのような野菜を探した。

「エシャロット？　ああ、これだよ」

川島さんは白くて下の方がふくらんでいる、短いねぎのような野菜を取り上げた。

「エシャロットっていうと、小玉ねぎみたいなやつとごっちゃになっているけど、うちで栽培しているのはこっち。エシャレットというのが正しい名称。若採りのらっきょうのこと」

「よくご存じですね」

まったく料理に興味がないと思っていた川島さんが、私の知らない野菜のことを知っていることに、ちょっと驚いた。

「これでも、農家の息子だからね。休みの時には収穫を手伝わされていたし」

私はエシャレットを手に取り、匂いを嗅いでみた。確かに、ねぎのような、らっきょうのような香りがする。

「これ、どうやって食べるんですか？　小玉ねぎの方だとばかり思っていたから、考えていなかった」

「これも、酒のあてになるよ。ナマのまま酢味噌をつけたり、焼いて醤油を垂らしてもうまい。手を掛けるなら、肉を巻いたり、天ぷらにしたりしてもいい。子どもの頃は、ナマで食べるのは辛くて好きじゃなかったけど、いまはそれもいいと思う」

「じゃあ、ナマと焼いたのと二種類作りましょう。今日は暑いから、あまり天ぷらはやりたくないですし。肉を使ったおかずは、ほかに作りますから」

私は頭の中でメニューを組み立て直す。

枝豆はそのまま。きゅうりは本数が多いので、酢の物にする分、叩いて梅肉と和(あ)える分、ささみを入れて春雨サラダにする分と三種類作る。それでもまだ少し余るが、それはあとから川島さん自身に作ってもらうことになる。復習も兼ねて、自分ひとりで作る分も残してほしい、と川島さんには言われているのだ。トウモロコシの二本分はご飯に入れて、残りは電子レンジでチンした後に、砂糖醤油をつけて焼く。茄子はまず焼き茄子を作り、残りは乱切りにして炒め、同じく乱切りにしたトマトと一緒に胡麻油とポン酢で和えて冷やす。チンゲン菜の半分は豚肉と炒めてオイスターソースで味付けする。残りはハムと牛乳とコンソメを入れてクリームスープ風にする。ゴボウはきんぴらにして、残りは牛肉と煮る。エシャレットは量が少ないので、ナマと焼くのと二種類作れば消費してしまう。そんな感じでたぶん大丈夫だろう。

前にひとりで作っていた時のように凝ったものはあまり作らない。川島さんが思い出して、作ろうと思えるようなものを作っている。先生が奏太くんに教えていたものを参考にしているが、川島さんはお酒に合うようなものを喜ぶので、そういうものを作っている。

「近頃は俺も野菜を料理しているって言ったら、おふくろはえらく驚いていた。それで、いろいろ問い詰められて、結局優希さんに教えてもらっているってことを白状させられたよ」

川島さんはそう言いながら笑っている。

「あ、でも、なんかヘンなふうに誤解されませんでした？」

「誤解？」

「いえ、あの、自分の息子が女性と一緒に料理を作っているなんて言ったら、その……」

その相手とどんな関係なのか、と母親なら勘ぐるだろう。

「別にかまわないよ。なんて思われても。それに、三十の息子が誰とつきあおうと、親の出る幕じゃないし」

つきあう。

私たちはつきあっていると言えるだろうか？　川島さんとは料理のバイトを通じて繋がっている関係だ。この家以外で会ったりはしない。料理が終わると、坂下に戻る私を途中まで送ってくれる。それだけだ。

「でもまあ、母親っていうのはうるさくて、あれこれ詮索したがったけどね。その人は何をしている人かとか、料理はどれくらい上手なのかとか。うちの母親は料理自慢なので、優希さんと張り合うつもりなのか、と思ったよ」

川島さんは笑って言うが、私はちょっと背筋が寒くなった。

息子のガールフレンドがどんな人か。それは当然気になるだろう。家で料理を一緒に作るなんて、相当深い関係だと思っているかもしれない。見えない息子の彼女と得意分野が同じなら、張り合おうと思ったりするのだろうか。

「あれ、これはなんだろう」

ダンボールから野菜を出していた川島さんが、突然、声を上げた。そして、中から新聞紙に包まれた長いものを取り出した。

「メモに書いてあったものは、全部出したはずだけど」

新聞紙を開ける。中から出てきたのは白いつやつやした肌の立派な大根だった。

「あれ、大根はリストになかったよね」

「書き忘れたんでしょうか？」

「大根で何か作れる？」

「そうですね。大根サラダや大根おろしでもいいですけど、それだけじゃ、使いきれませんね。季節外れですけど、ふろふき大根でも作りましょうか」

「ああ、そういえば母が送ってきた山椒味噌が冷蔵庫に入りっぱなしだから、それをつけよう」

そういうわけで、予定よりメニューがちょっと増えた。大根は半分だけ使用し、残りは川島さんが大根おろしをしたり、サラダにして食べるという。大根サラダは初めてここで料理をした時、川島さんに作り方を教えている。

そうして、エプロンを着け、料理を始めた。私は食堂でするように三角巾をしている。川島さんも真似してバンダナを頭に巻いている。本人には言わないが、その姿はちょっとかわいらしい。目が細くてちょっと垂れているので、川島さんは三十歳という年齢より若く見える。まるで調理実習に臨む高校生のようだ。

「えっと、まずはご飯を仕掛けるところから始めましょう。お米を研いでもらえますか？」

「えっと、何合炊きますか？」

これで四回目なので、川島さんもご飯を炊くのには慣れてきている。最初はそれすらできなかったのだ。

「そうですね。トウモロコシが入るので、二合あれば十分ですね。余ったら、おにぎりにして冷凍しましょう」

「あ、それはいいですね」

「お米洗ったら、浸水させている間にトウモロコシの実を取りましょう。こんなふうにトウモロコシの芯のところを持って、縦にこそげ取ります」

私がやって見せると、川島さんも真似をする。川島さんはわりと器用なので、包丁を使うのにもすぐに慣れた。

「こうですね」

「なるべく実が取れるよう、深くこそげてくださいね」

こうして作業している時間がとても好きだ。それぞれの作業に集中して、しばらく黙っていても気詰まりにならない。お互いの手元を見ていたり、相手の先回りをして器を取って手伝ったり、わざわざ言葉で言わなくても、心遣いを感じるのだ。

そうして予定していたものを作り終わると、洗い物を片付け、エプロンを外して、食事の時間になる。

「とりあえずビールでいいですか?」

「はい、お願いします」

テーブルの上には、作ったものがひと通り並んでいる。最初に料理した時は、私が

食べるより保存して、川島さんの翌日からのご飯にしたらどうか、と言ったのだが、

「優希さんにいまお願いしているのは、保存食を作ってもらうことではなく、料理のやり方を教えてもらうことです。余った食材でまた作りますから、今日作った分は一緒に食べましょう。すぐに食べた方がいいし、ひとりで食べるよりおいしいですから」

そんなふうに川島さんに説得されたのだ。

川島さんは乾杯すると、一気に半分くらい飲み干し「うまい！」と声を上げた。そういう時の川島さんは皺の中に目が埋もれてしまう感じだ。もともと目が大きい方ではない。だけど、そういう顔をする時はほんとうに嬉しそうで、私まで楽しくなる。

川島さんは枝豆に手を伸ばした。

「やっぱりビールにはこれですね。だけど、こんなふうに端を切ったり、塩をたくさん使うとは知らなかった。ただ茹でればいいと思っていました。次に作る時は、そうします」

私は黙って微笑む。私も、食堂の仕事を始めてから、枝豆の下ごしらえのやり方を知った。少しでも人に教えられると思えるようになったのは、食堂で靖子先生の仕事を手伝いながら、いろんなことを覚えていったからだ。

「さて、ふろふき大根はおいしくできたかな？」

山椒味噌をかけたふろふき大根は、出来立てで湯気をたてており、とてもおいしそうだ。川島さんは箸をつけた。一口食べて、顔を歪める。

「どうしたんですか？」

「苦い」

私も大根を皿に取って食べてみる。思わず吐き出しそうになった。ただ苦いというだけでなく、えぐみがある。

「これはちょっとダメですね。苦いし固いし。ふつうは煮れば大根の辛みも取れるのですけど、苦みは取れないんですね」

「これはひどい。親に文句言いますよ。不出来だったって」

川島さんは不満そうに言う。

「それはやめた方がいいんじゃないですか？　せっかく送ってくれたのに」

「そもそもなんで夏に大根を送ってきたのかな。うちはもともと大根自体、そんなに作ってこなかったのに」

「あ、そうですよね。大根は冬がシーズンだから、旬じゃないですよね」

川島さんの実家は農家なので、送られてくる野菜も旬のものばかりだ。夏のいま、冬が旬の大根を送ってくるのは珍しい。

「これだけ苦いと、食べられませんね。火を通してもこんなじゃ、どうしようもない」

「うーん、なんとかならないかな。捨てるのはもったいないし」

「まずいものはまずい。しょうがないですよ。捨てるしかない」

川島さんはサバサバしている。

「ちょっと待ってくださいね。私、靖子先生に相談してみます」

もしかしたら、靖子先生なら何かいい方法を知っているかもしれない。私は先生に電話をしてみた。お店が休みの日なので外出しているかも、と思ったけど、家でゆっくりしていたらしい。

『苦い大根の調理法？　下茹でしても、苦みが抜けないの？』

「はい。辛いというか、えぐみがあって、口の中に嫌な感じが残るんです」

『そうね。夏大根にはたまにそういうものもあるわね。うーん、茹でてもダメだとなると、カレーで味付けするか、細く切って甘辛く煮るとか、そんな感じかしら。苦みは完全には取れないと思うけど、少しは味がごまかされるかもしれない』

「そうですか。じゃあそれでやってみようと思います」

それを聞いて、少し安心した。完全に無駄にしなくてもすむかもしれない。電話を切った後、川島さんに言った。

「あの、サラダや大根おろしの方はともかく、ふろふき大根の方は味付けすれば少しは食べられるかもしれない。ちょっとやってみます」

「あ、いいですよ、そんなこと」

川島さんが止めた。

「もう飲み始めたんだから、今日はやめておきましょう」

「そうですか？」

「野菜作りも失敗する時は失敗するんです。なので、気にしないで。作り直していたら、時間が遅くなってしまう。俺、もう腹ペコですよ」

そう言って川島さんは笑う。その屈託のない笑顔に、そうかな、と私も思い、引き下がることにした。

「わかりました。じゃあ、ふろふき大根は持ち帰って、私がリメイクしてみます。残りの大根も。上手くできたら、持って来ますね」

「いいんですか？　まあ、うちに置いておいても、きっと僕は食べずに捨ててしまいますから、そうしていただけると助かります。もし、上手くできなかったら、その時はそのまま捨ててくださいね」

「はい」

そうして、私たちは食事を続けた。苦い大根のことなど忘れたように、川島さんは職場であったおもしろいことを話題にした。その話に笑い転げながら、私は苦い大根のことが気になっていた。

「じゃあ、今日はこれで帰ります」

時計は三時を指している。一時頃から食べ始めたので、結構長くおしゃべりをしていた。

「えっ、もう帰るんですか?」

「はい。今日帰ったら、大根を食べられるように調理してみます。ふろふき大根と、残りの大根を半分もらえますか?」

「そんなの、ほんとうにいいのに。それより」

川島さんはちょっと口ごもった。

「それより?」

「いえ、なんでもありません」

「もし、食べられるものが作れたら、あとでこちらに持ってきますね」

「はい。じゃあ、待っていますから」

川島さんはそう言って私をじっと見た。そのまなざしがなんとなく照れくさくて、私は下を向いた。

「で、これが問題の大根っていうわけね」

帰りがけ、私は靖子先生のところに、食べなかったふろふき大根と余った大根を持って立ち寄った。作り方のアドバイスをもらおうと思ったのだ。休日なので、奏太くんも来ておらず、先生はちょっと退屈していたようだ。

「ちょっと食べてもいいかしら」

先生は私に断って、ふろふき大根を一切れ、皿に載せた。そして、フォークで切って一口食べてみる。

「ううん、これは確かに苦いわね。夏の大根は苦いって言うけど、ここまで苦いのは土壌や肥料の問題もあるかもしれないわ」

「だけどこれ、川島さんのご実家から送られてきたんです。川島さんのお宅は農家だから、土壌とかそういうことはちゃんとされていると思うんですけど」

「そうなの。ともあれ、どうしましょうね。これならカレーの方がいいかしら。じゃあ、いっしょに作りましょうか」

「いいんですか？」

「ええ、もし優希さんがよければ。これくらい苦いと、逆に作り甲斐もあるし」

先生はちょっと楽しんでいるようだ。

「作り甲斐ですか？」

「ええ、食材に挑戦されているみたいで楽しいじゃない？」

やっぱりそうだった。先生は新しいレシピを考えたりするのが好きだから、難しい食材を扱うのも逆に嬉しいのだろう。

「食材に挑戦される、ですか」

その時、私ははっとした。川島さんの口にした言葉を思い出したからだ。

『うちの母親は料理自慢なので、優希さんと張り合うつもりなのか、と思ったよ』

もしかしたら、これは川島さんのおかあさんからの挑戦状なのかしら。ふつうの調理法じゃ食べられない食材を、あなたならどう調理するかっていう。

そういえば、これだけ野菜のリストにも載っていなかった。そこにも何か作為を感じる。

もしそうだとしたら、私は自分ひとりで受けなければならないだろう。

「やっぱり私、自分でやってみます」

「どうして？」

「これ、私が川島さんから受けた仕事だし、いつも先生を頼ってばかりでもいけないと思うし」

先生はちょっと驚いたような顔で私を見たが、すぐに笑顔になった。

「そうね。あなたがひとりでやってみるというなら、その方がいいかもしれないわ。でも、もし私が何か手伝えたら、いつでも言ってね」

「はい、ありがとうございます」

そうして、私は急いで大根を家に持ち帰った。


自分のキッチンに立って、私は考える。

苦い食べ物といえば、ゴーヤがある。それだっておいしいと言ってみんなが食べるんだから、これだって食べられないはずはない。ゴーヤを料理する時は薄切りにする。それを豆腐や肉や卵と合わせて、苦みだけが突出しないようにして食べるとおいしい。

ふろふき大根だと大きな塊だから、よけい苦みが気になるのだろう。

薄切りにしよう。だけど、薄くしすぎると大根の存在感が無くなるし、歯ごたえもない。そうだ、ピーマンを入れてみたらだろう？　ピーマンにも苦みがあるから、大根の苦みと馴染むかもしれない。ピーマンはあまり炒めすぎず、歯ざわりを生かしたら、いいんじゃないかな。大根の量が多いから、野菜はあんまり入れず、この二品だけで作ってみよう。

肉はどうしようか。

私は冷蔵庫を見た。鶏肉が少しあるが、何となく違う気がする。

冷凍庫を覗いてみた。隅の方に、ちょっと前にまとめて煮ておいた牛筋があった。苦い大根には、牛筋くらい個性の強い肉の方がいいだろう。それに、牛筋大根って料理があるくらいだから、もともと相性はいいはず。

カレーを作る時、私はいつも市販のルーを使う。先生は香辛料を混ぜて作るけれど、たまにしか作らないカレーのために、いろいろ香辛料を揃えるのも高くつく。先生も『市販のルーだって十分おいしい』と言うし。いつもは辛口と甘口をブレンドして使うが、今日は辛口だけで作ってみよう。それに、本格カレーっぽくするために、これだけは持っているガムラマサラを少々。

そうして、ぐつぐつ煮込みながら、残りの大根の使い途(みち)を考える。先生は醤油と砂糖で濃い味付けにすると言ってたけど、ゴーヤチャンプルーに倣ってあえて苦みを表に出し、ほかとのバランスでおいしくするというやり方もあるかも。

私は冷蔵庫を覗いてみた。川島さんが分けてくれたトマトときゅうりが入っている。それから、買い置きのピーマンともやしと人参とレタス、半分だけ残ったニラ。

そうだ、ニラはどうだろう。個性が強いから苦い大根にも負けないだろう。それを中和するようにもやしと人参を入れる。そしてゴーヤチャンプルー風に、アクセントにはスパムを切ったものはどうだろう。それでバランスが取れるだろう。味付けはシンプルにするなら塩胡椒だけど、中華調味料でもいいかもしれない。

そうして、カレーを煮込む間に、炒め物も作ってしまった。

味見をしてみる。

悪くない。細切りにしたので見た目は玉ねぎのようだから、食べるとちょっと違和感があるけど、全体の味と馴染んでいる。こういうものだと思えば、結構いける。

私は嬉しくなった。大根を無駄にしなかったことで、川島さんにも喜んでもらえるだろう。早速川島さんに電話をした。

「もしもし」

『ああ、優希さんですか？　大根、どうなりました？』

「なんとか大丈夫そうです。カレーと炒め物を作りました。これからお持ちします」

『わざわざまた来てもらうのは申し訳ないな。僕がそちらに行きましょうか？』

それを聞いて、ドキッとした。以前、うちの隣りの異臭騒ぎの時、川島さんはうちに来たことがある。だけど、その時はほかの人たちも一緒だった。川島さんに坂上からわざわざ来てもらったら、家に入れない訳にはいかないし、この狭い部屋でふたりきりになるのは、なんだか恥ずかしい。

「大丈夫ですよ、まだ明るいし」

まだ四時過ぎだ。七月の日は長い。あと二時間くらいは日が出ているだろう。

『日に二回も来てもらうのは申し訳ないから。坂を上ったり下りたり、たいへんですし』

そう言われると、断るのも悪い気がする。実際、川島さんの家までは自転車で二十分以上掛かる。上り坂もあるので、息が切れる。

「ほんとに……いいんですか？」

『はい。その代わり、作ったものをそちらでごちそうになっていいですか？』

心臓がドキドキしてきた。川島さんのお宅では何度も一緒にご飯を食べているのに、うちで食べることにどぎまぎするのはなぜだろう。

『ダメですか？』

「いいえ、大丈夫です」

『だったら、デザートのケーキを買っておきますね。北口の新しいお店が評判みたいだから。それとワインも』

「お昼もいただいたのに」

『昼は昼。夜は夜ですよ。それに、僕自身がお酒を飲みたいので』

「いいですね。私はご飯を炊いておきます。……ほかに、サラダを作りますね」

『お願いします。六時頃伺いますね』

電話を切ってから、部屋の中を見回した。まあまあ片付いてはいるが、念のために掃除機を掛けておこう。いつもは使ってないけど、ランチョンマットを出しておこう。

それから、サラダはレタスときゅうりとトマトで簡単に済ませるとして……あ、ゆで卵くらいつけようかしら。それに、瓶詰のピクルスもあるから、それも並べればいいかな。

そうしてバタバタと片付けている最中に、ふと気がついた。

うちにはワイン・オープナーがない！

うちでワインを飲む時は、千円しない安いチリワイン専門。コルクでなくスクリューキャップだから、開ける手間はない。だけど、川島さんが選ぶワインは、たいていはちゃんとしたコルクのついたワインだ。

川島さんに持って来てもらうよう頼もうか、と思ったが、もしかしたらもう家を出ているかもしれない。わざわざ取りに戻ることになったら、申し訳ない。

それで、靖子先生に借りに行くことにした。先生は今日一日ゆっくりしていると言っていたから、家にいるに違いない。

それで、自転車を飛ばして菜の花食堂に向かった。五分と掛からない距離なので、すぐに到着した。

「あら、優希さん」

先生は庭の草木に水をやっているところだった。ホースの水を止めて、私の方に近づいて来た。

「今日はどうでした？　大根はなんとかなった？」

「はい、大丈夫でした。ふろふき大根にしたものはカレーにして、それ以外は炒め物にしました」

「炒め物？」

「ゴーヤチャンプルー風に、野菜やスパムと炒めてみました」

「なるほどねえ」

それを聞いて、はっとした。先生は醬油と砂糖で濃い味を付けろ、と言われていたんだ。

「せっかく先生にアドバイスいただいたのに、すみません。カレーとだったら、シンプルな炒め物の方が合うかと思ったんです」

「いいのよ、感心していたの。優希さん、いつも発想がすばらしいわ。苦みを隠そうとするんじゃなく、苦みを苦みとして生かすことを考えたのね」

先生はしみじみとした顔で微笑んでいる。その顔を見て、なんだか申し訳ない気持ちになった。

「そんなこと。ほんとは先生の言うとおりに作った方がおいしくなったかもしれないんですけど」

私が言うと、靖子先生は大きく首を横に振った。

「誰かに言われたとおりにただやるより、自分でちゃんと判断して、最善を尽くすことが大事よ。そうすれば、結果として失敗しても、自分の成長に繋がりますから」

それを聞いて、胸がじんとした。先生は、私が成長することをほんとうに願っている。学校を出てから、こんなふうに自分のことを見てくれる人に巡り合うなんて、とても幸運だと思う。

「ところで、ここに来たのは、何か用があったんじゃないの？」

「はい。ワイン・オープナーをお借りできれば、と思って」

「いいですよ」

先生はそれ以上聞かずに、奥へ取りに行った。聞かれなくてよかった、と思う。川島さんがうちに来ることを隠す必要はないが、あまり言いたくもない。勘のいい先生のことだから察しているのだろうけど、余計なことは聞かないのが先生らしいし、とてもありがたい。

「じゃあ、これ。使い方はわかるわね」

「はい。ありがとうございます」

そうして私は自宅へと急いで戻って行った。


「こんばんは」

まもなく現れた川島さんは、いつもよりちょっといいシャツとジャケットを着て（下はデニムだけど）いた。ひとりで私の家に来るのは初めてだからなのか、川島さんは緊張した面持ちをしている。

「いらっしゃいませ。そのスリッパを使ってください」

「あ、これお土産」

差し出されたのは、ケーキとワイン。それに花束だ。たくさんの白い薔薇がアイビーやユーカリにと一緒に品よくまとめられている。

「わあ、綺麗。ありがとうございます。私、こんなにたくさん薔薇をもらったのは初めて」

前つきあっていた彼も、たまに花をくれた。若かったのでゆとりがなく、花束というより、赤い薔薇を一本だけとかだったけど。

「すごく嬉しいです。ありがとう」

重ねてお礼を言った。花があるだけで、部屋の中がぱっと明るくなったようだ。それに、たくさんあるので薔薇の香が強く漂う。

「ちょっと照れちゃいますね。花を買うのは。丸太ストアの花屋が評判いいので、そこに行って選んでもらったんですけど」

「ほんと素敵。デコレーションもしゃれてますね。でも、丸太ストアって、大回りしてわざわざ行ってくださったんですか？」

丸太ストアはうちからでも十五分、川島さんの家からでは三十分以上掛かるだろう。

「いえ、ちょっと時間が半端だったのでちょうどよかった」

「ほんと、ありがとうございます。さっそく飾ります。でも、この包装も素敵ですね」

花は白いワックスペーパーに黄色のレースのリボンで束ねてある。

「はい、あの、優希さんは黄色が似合うので、リボンは黄色にしてもらったんです」

川島さんにはそう見えてるのか、と私は思った。だったら、黄色の薔薇でもよかったのに。お店にはなかったのかな？

「黄色は好きな色です」

「明るくて、見ているだけで元気が出てくる。前向きな優希さんにはぴったりです」

「私、そんなに前向きじゃないですよ」

「いいえ、自分のいる場所を少しでもよくしよう、新しいことを始めようとする人ですから、やっぱり前向きです。そういうところはかなわないと思う。だから僕は」

照れ臭くなって、私はまだ何かしゃべりたそうだった川島さんから目を逸らした。

「えっと、お花は十二本もありますね。うちの花瓶に入るかな」

うちにあったいちばん大きな花瓶でも、全部は入らなかった。

「花瓶を分けた方がいいみたい」

私が八本と四本に分けようとしたら、川島さんが九本と三本に分けて「こっちの方がいい」と言ったので、そうやって飾った。九本の方を奥の部屋の机に飾り、テーブルの真ん中には三本の方を置いた。

「こうするとテーブルが豪華になりますね。じゃあ、すぐに用意しますね」

「えっ、そうですね。お願いします」

私は冷蔵庫に入れておいたサラダをテーブルに出した。それから、カレーと炒め物を温め直して器に盛りつけて並べた。それからワイングラスの代わりに蕎麦猪口を出す。

「いいワインなのに、グラスじゃなくてすみません」

「いえ、うちで飲む時だってコップじゃないですか」

「そうでしたね」

いつもと勝手が違うので、私までなんとなく緊張していたが、一緒に食事をするのは何も今回が初めてじゃない。そう思ったら、ちょっとくつろいだ気分になった。

「せっかくですから、ワインで乾杯しましょうか？」

「いいですね。じゃあ僕開けます。ワイン・オープナーを貸してもらえます？」

私は先生に借りたオープナーを渡した。川島さんは慣れた手つきでワインを開けると、私の蕎麦猪口と自分の分とに注いだ。

「ともあれ、乾杯。おふくろが間違えてくれたおかげで、一日のうちに二度も優希さんと会うことができた」

「間違えたってどういうことですか？」

「あの大根、ほんとはうちに送るつもりじゃなかったんですよ。いままでやってなかった夏大根を試しに作ってみたけど、うまくいかなかったので廃棄するつもりだった。さっき電話したら、そう言ってました」

「ああ、そうだったんですね」

それを聞いて、私はほっとする気持ちと、川島さんのおかあさんに申し訳ない気持ちになった。川島さんのおかあさんが、私を試すために不出来の大根をわざと入れたんじゃないかと思っていたのだ。

「おかしいと思いました。内容リストにも載っていなかったし」

「母が優希さんのことを褒めていましたよ。いまどきの若い人はものを大事にしないと思っていたけど、リメイクしようとするなんて健気な心掛けだ。とってもいいお嬢さんだって。僕もそう思います」

川島さんが真正面から私をじっと見据えて言うので、照れ臭くなって視線を落とした。

「でも、作り直したものがおいしくないと、作り直しただけ無駄になります。どうぞ召し上がってから感想を言ってください」

川島さんはまだ何か言いたそうだったが、結局「そうですね」と言って、カレーを口に運んだ。

「いいですね、これ。カレーが辛いので、苦みがあんまり気にならない。それに牛筋との相性もいい」

「こちらも試してみてください」

私が炒め物の方を勧めると、川島さんは素直に箸をつけた。

「うん、これもあり。ゴーヤチャンプルーみたいに、苦さがいいアクセントになっている」

「ありがとうございます。ほっとしました。カレーはともかく、こっちはどうかと思っていたんですよ。ほんとは醤油と砂糖で甘辛く煮るというのも考えたんですけど、それじゃカレーと合わないな、と思って」

「なるほど」

「苦い食材ってほかにもあるでしょう？　それこそゴーヤなんか、塩をしても苦みは消えないじゃないですか。だけど、それもおいしいって、みんな平気で食べている。この大根だってなんとかできないかと考えたんです」

それから私は野菜の取り合わせについて考えたことや、靖子先生に褒められたことなどを話し続けた。川島さんは私の話に相槌を打つくらい。いつもはいろいろ話を広げてくれるのだけど、今日は黙りがちでなんだか様子が違う。それで、私も調子が狂ってしまう。

食事が終わったので、汚れた器をシンクに運ぶ。川島さんも手伝ってくれる。

「じゃあ、いただいたケーキを出しましょう。珈琲でいいですか？　この珈琲、昨日駅の高架下の店で豆を買って来たばかりなんです。だから、おいしいと思いますけど。……あ、私の淹れ方がうまくないかも。香奈さんは喫茶講習を受けているから上手なんですけど、私は自己流だからそんなにうまくないんです。それでもよければ」

沈黙が怖くて、私は思いつく限りの話題を振る。

「あの、僕」

ふいに川島さんが席を立った。川島さんの顔はなんだかこわばっている。

「どうかしましたか？」

「ちょっと用を思い出したので帰ります」

「でも、せっかくケーキを買って来てくださったのに」

「ほんとにすみません」

それだけ言うと、川島さんはそそくさと帰って行った。

突然のことに、私は茫然とした。

川島さん、どうしたんだろう？　私、何か気を悪くさせるようなことをしたかしら？

浮かれていた気持ちが急にしぼんだ。

冷蔵庫に入れておいたケーキの箱を取り出して、中を見た。

ピスタチオの四角いケーキとオレンジソースと生クリームで飾られたサバランが二つずつ。駅の北口にできたばかりの評判のケーキ屋のものだ。いつ行っても並んでいるので、私はまだ食べたことがない。

ここのケーキ、川島さんと一緒に食べられるとよかったのに。

私ひとりじゃ食べきれない。それに、食事を食べ過ぎたのか、なんだか胸が重い。

そうだ、靖子先生のところに持って行こう。いただきものなので悪いけど、先生は気にしないだろう。それに、借りたものを返すついでがあるし、ちょうどいい。

それに思い至ると、じっとしていられなくなった。川島さんの気配が残っているこの部屋に、ひとり残されるのが耐えられない気持ちだった。

ケーキを箱ごと、それにワイン・オープナーを持って、私は先生のところに行った。借りに来た時とは違い、足取りは重い。日の長い夏でも、さすがに七時を過ぎているので、辺りは薄暗くなっている。門をくぐると、家の灯りが点いているのが見えた。

呼び鈴を鳴らすと、すぐに先生が出て来た。

「先ほどはありがとうございました。あの、これお返しします」

「あら、明日仕事に来るついでに持って来てくれればよかったのに」

「それからこれ、もらい物で悪いんですけど、よければ食べてください」

「あら、新しくできたお店のケーキね。ありがとう」

先生は箱を開けて中を見た。

「こんなにたくさん」

「友だちが持ってきてくれたんですけど、私はとても食べきれなくて」

「だったら、一緒にお茶をしましょう」

そう言って、先生は部屋の奥の方へ、と顔を向けた。

「えっ？」

「私もひとりじゃ全部は無理だわ。優希さんがいただいたものだし、せっかくだから味見をしたらどうかしら？」

そう言われると断ることもできず、私は先生のお宅に上がり込むことになった。

「夜だし、紅茶でいいかしら？」

「はい、大丈夫です」

先生は戸棚から紅茶の箱を取り出し、茶葉をポットに入れた。箱から察するにアッサムのようだ。

「それで、大根のリメイクは川島さんに喜ばれた？」

「えっ、どうしてそれを？」

先生に、川島さんが来ることを話したっけ？　それとも先生が勘づいたのかな、と思ったが、先生はあっさり種明かしした。

「リメイクしたものは当然、川島さんにも差し上げるんだと思いましたが、違ってました？」

「ああ、はい。差し上げるというか、うちに来て食べてもらったんですけど」

「気に入ってもらえなかった？」

「いいえ、おいしいとは言ってくださったんですけど、なんか、私がへましたみたいで」

「へま？」

「このケーキ、川島さんが持って来てくださったんですけど、それも食べずに途中で帰ってしまったんです」

「あらまあ」

「だから、何か川島さんの気に障ることを私が言ったんだと思うんです。それで、ちょっと落ち込んでいて」

「何があったのか、最初から話してみてくれない？」

「そうですね。先生だったら、何がダメだったのか、推理できると思います」

それで、私は今日あったことを最初から話してみた。思い出せる限り細かく、具体的に話をする。先生は遮らずにずっと私の話を聞いていた。

話を聞き終わると、やれやれというように先生は微笑んだ。

「まあ、優希さん、それは川島さんがかわいそうよ」

「えっ、どうしてですか？」

「うーん、優希さんは川島さんのこととなると、なぜか鈍感になってしまうわね。これは推理するというほどのこともない。川島さん、今日は相当の覚悟をして優希さんの家に来たと思う。なのに、はぐらかされた、と思ったんじゃない？」

「はぐらかされた？」

「川島さん、優希さんは黄色が似合うと言ってたのに、持ってきたのは白い薔薇。なぜだと思う？」

「さあ……黄色い薔薇が店になかったとか？」

「あのね、黄色い薔薇はふつうプレゼントにしないものなの。黄色い薔薇の花言葉は嫉妬とか薄れゆく愛なんてことを示すから。だから、川島さんは花言葉を知っていて持って来たと思うわ」

「じゃあ、白い薔薇の花言葉は？」

「純潔とか尊敬とか、いい言葉が多い。『私はあなたにふさわしい』という意味もあったと思う。だからこちらはよくプレゼントにも使われます。赤では露骨だと思ったんでしょうね。あるいは、優希さんのイメージなら、白の方が合ってると思ったのかもしれないわ」

「はあ」

赤よりも私は白の方がイメージに近い？　情熱的というより潔癖な感じがするってことなんだろうか。

「それに、薔薇は贈る本数に意味があるの。川島さんが持って来た本数は覚えているわね」

「十二本です」

「それを三本と九本に分けたんでしたね。そこにも意味があるわ」

「それはどういうことでしょう？」

私の言葉を聞いて、先生がまたにっこり笑った。

「私の口から言うのも野暮だと思う。自分で調べてごらんなさい」

それで、私はスマホを開いてみた。

「薔薇の本数　意味」

検索サイトに入れると、すぐに情報が目に入る。

「薔薇の本数で変わる意味」として、一本から順番に意味が載っている。

十二本は……『私とつきあってください』

急に胸がドキドキしてきた。いつもよりおしゃれな服を着ていた川島さん。花束を渡す時の、妙に真剣なまなざし。私の話をほとんど聞かず、考え込んでいるようだった姿。

三本と九本の意味も探す。

三本は……『愛しています』

そして九本は……『いつまでも一緒にいてください』

思わず頰に血が上った。

シャイな川島さんは、薔薇の本数に自分の気持ちを託していたんだ。

私の馬鹿。まったく気づいていなかったなんて。

「私、全然気づいてなかった。どうしたらいいんだろう」

川島さんは私が答えをはぐらかした、と思ったのだ。だから、途中で帰ってしまったんだ。きっと本人は精一杯考えて、ありったけの勇気を振り絞って私の家に来たのかもしれないのに。

「返事をすればいいんじゃないかしら？」

「返事？」

「薔薇の本数で言葉を託されたのなら、あなたの気持ちも薔薇に託してみたら？」

「薔薇に？」

「そうそう、うちの庭にも薔薇は咲いているわ。いまは薔薇のシーズンじゃないけど、オールドブラッシュは絶やさずピンクの花をつけている。花ばさみを貸してあげるから、好きな本数だけ持って行っていいわよ」

「でも……」

「もう花屋は閉まっている時間だし、こういうことは早く返事をした方がいいと思うんだけど」

『帰る』と言った時の川島さんの顔を思い出した。寂しそうな、がっかりしたような顔。

あの顔を思い出すと、胸がきゅんとうずく。川島さんはきっといまも私のことを誤解しているままだろう。

「すみません。では、お花いただきます」

先生は引き出しから銀色の花ばさみを取り出した。私はそれをしっかり受け取った。

チャイムを鳴らす手が震える。坂下から川島さんのアパートまで自転車を飛ばしてきたので、息も少し切れている。何より心臓がドキドキして、破裂しそうだ。このドキドキは、急いだせいだけではない。

だけど、今度は私が勇気を出す番だ。

チャイムが鳴ると、それほど間を置かずに川島さんがドアを開けた。

「あれ、こんな時間にどうしたんですか？」

今日三回目の出会いだ。さすがに驚いた顔をしている。ジャージに着替えて寝ころんでいたのか、髪が乱れている。表情は硬い。

「あの、気がつくのが遅れてしまってごめんなさい。どうしても、今日返事をしなきゃ、と思って」

そうして、身体の後ろに隠していたピンクのバラを川島さんの目の前に差し出した。

「私の気持ちです」

薔薇の花は五本。

それが意味するところは『あなたに会えてよかった』

それを見て、川島さんの表情がみるみる明るくなっていく。

「さっきは気づかなくてごめんなさい。私も川島さんと同じ気持ちです。だから……」

全部言い終わる前に、私は川島さんの腕の中にいた。川島さんが私の身体をぎゅっと抱きしめる。私の胸は早鐘のようにドキドキしている。

川島さんにこの音が聞こえるんじゃないかしら。

しかし、密着した身体から伝わる川島さんの胸の鼓動も、私に劣らず速く脈打っていた。

本作品の「こころを繋ぐお弁当」「木曜日のカフェタイム」「キャラ弁と地味弁」は小社HP連載に加筆修正したものです。

「インゲンは食べられない」「大根は試さない」は当文庫のための書き下ろしです。

なお、本作品はフィクションであり、登場する人物・団体は、実在の個人および団体等とは一切関係ありません。

碧野 圭（あおの・けい）
愛知県生まれ。東京学芸大学教育学部卒業。フリーライター、出版社勤務を経て、2006年『辞めない理由』で作家としてデビュー。今巻が五作目となる『菜の花食堂のささやかな事件簿』シリーズのほか、ベストセラーとなりドラマ化された『書店ガール』シリーズ、『銀盤のトレース』シリーズ、『凜として弓を引く』シリーズ、『スケートボーイズ』『駒子さんは出世なんてしたくなかった』『1939年のアロハシャツ』『書店員と二つの罪』等、多数の著書がある。地域の食文化への興味から、江戸東京野菜コンシェルジュの資格を取得。

だいわ文庫

菜の花食堂のささやかな事件簿
木曜日のカフェタイム

著者　碧野 圭

二〇二二年一一月一五日第一刷発行

発行者　佐藤 靖
発行所　大和書房
東京都文京区関口一−三三−四　〒一一二−〇〇一四
電話 〇三−三二〇三−四五一一

フォーマットデザイン　鈴木成一デザイン室
本文デザイン　bookwall（村山百合子）
本文印刷　信毎書籍印刷
カバー印刷　山一印刷
製本　小泉製本

ISBN978-4-479-32036-4
乱丁本・落丁本はお取り替えいたします。
http://www.daiwashobo.co.jp